古典文獻研究輯刊

二五編

曾永義 主編

第 17 冊

姚品文學術文存（上）

姚品文著、段祖青編

國家圖書館出版品預行編目資料

姚品文學術文存（上）／姚品文 著、段祖青 編 -- 初版 -- 新
北市：花木蘭文化事業有限公司，2022〔民 111 〕

序 8+ 目 4+148 面；19×26 公分

（古典文學研究輯刊　二五編；第 17 冊）

ISBN 978-986-518-799-6（精裝）

1.CST：姚品文 2.CST：中國文學 3.CST：文集

820.8　　　　　　　　　　　　　　　　110022630

ISBN-978-986-518-799-6

9 789865 187996

古典文學研究輯刊
二五編　第十七冊　　　　　　　　ISBN：978-986-518-799-6

姚品文學術文存（上）

作　　　者　姚品文
編　　　者　段祖青
主　　　編　曾永義
總 編 輯　杜潔祥
副總編輯　楊嘉樂
編輯主任　許郁翎
編　　　輯　張雅淋、潘玟靜、劉子瑄　美術編輯　陳逸婷
出　　　版　花木蘭文化事業有限公司
發 行 人　高小娟
聯絡地址　235 新北市中和區中安街七二號十三樓
　　　　　　電話：02-2923-1455 ／傳真：02-2923-1452
網　　　址　http://www.huamulan.tw 信箱 service@huamulans.com
印　　　刷　普羅文化出版廣告事業
初　　　版　2022 年 3 月
定　　　價　二五編 19 冊（精裝）台幣 48,000 元

姚品文學術文存（上）

姚品文 著、段祖青 編

作者簡介

　　姚品文，女，1934 年生，湖北建始人。1959 年畢業於北京師範大學中文系。江西師範大學中文系古典文學教授，碩士生導師，1994 年退休。發表過元明清文學研究論文數十篇。參與主編、撰稿及古籍整理著作多種。近三十年集中研究朱權，已發表朱權研究論文多篇，專著有《朱權研究》（1993 年江西高校出版社）、《寧王朱權》（2002 年藝術與人文科學出版社）、《太和正音譜箋評》（2010 年中華書局）、《王者與學者──寧王朱權的一生》（2013 年中華書局），被稱為國內朱權研究第一人。

　　段祖青，男，1981 年生，湖南洪江人。2013 年畢業於湖南師範大學文學院中文系，獲文學博士學位。現任職於江西農業大學人文學院中文系，主要從事中國古代文學與文化的教學與科研。發表論文 20 餘篇，出版專著《宋前茅山宗文學研究》（2020 年花木蘭文化事業有限公司），參與編寫《大學語文》（2018 年高等教育出版社）。主持校級以上課題 8 項，其中省部級課題 3 項，參與國家社科基金重大項目一項。

提　　要

　　收在本書中之論文，乃是姚品文先生一生心血的結晶。依所寫之內容，分為九個部分，即「曲學研究」、「朱權研究」、「《太和正音譜》研究」、「湯顯祖研究」、「女性文學研究」、「民族音樂研究」、「小說、散文研究與古籍整理」、「書評序文」、「學林憶往」，大致涵蓋了姚先生著述中的主要領域。其中既有嚴謹深邃的學術考辨與探研，也有感人至深的學界憶往。全書視野開闊，涉獵廣泛，材料富贍，邏輯嚴密，見解精闢，極見功力。九個部分內容既豐富詳實，形式亦多種多樣，因而可視為一部頗具創獲的中國古典文學與文化的研究新著。

序

孫書磊

　　《姚品文學術文存》（以下簡稱《文存》）出版之際，恩師姚先生給我布置為之寫序的任務。面對先生宏著，不免惶恐。然而，嚴命當聽，遂忝為附驥，在此略陳我對先生學術生涯的瞭解，並嘗試對她的學術思想加以解讀。

　　師從先生近三十年，在先生的耳提面命中，我對先生的經歷有所瞭解。今讀《文存》所收《胡守仁先生與〈魏叔子文集〉》《鄧鍾伯先生對我的基礎教育》文及先生《思蝶軒詩稿》（自印本），又約略多了一些認識。先生出身書香門第，「父親受過傳統教育，詩書畫兼擅」（《思蝶軒詩稿自序》）。先生的小學、初中都在民國時期度過，當時家中書櫃藏有不少線裝書，雖然那時已經沒有讀四書五經的私塾，父親也不要求她讀古文，但這樣的家庭文化自然對她是很好的薰陶。40年代後期，先生先入湖北省第二女子中學讀書，後考入湖北教育學院附屬師範藝術科。1951年響應號召參加軍事幹部學校，在空軍航空預備學校服役。1955年轉業考入北京師範大學中文系。1959年畢業後分配到江西師範學院。在該院前輩學者、原解放前國立中山大學教授鄧鍾伯先生的指導下，先生系統學習《論語》《孟子》《左傳》《史記》，「按照鄧先生的要求，每週先預習、熟讀，然後到他的宿舍上一次約兩小時的課。由我在預習的基礎上先講，再聽他逐字逐句深入解說。課後，就按鄧先生的要求自己熟讀、背誦」（《鄧鍾伯先生對我的基礎教育》）。1965年先生調到南昌二中，後來調到外省中學執教。1980年調回江西師院中文系繼續從事古典文學教學、學術研究和古籍整理工作。

　　90年代初的全國研究生招生規模很小。先生與萬萍師每兩年合招一屆研究生，每屆招一到兩名。二位先生共招三屆五名研究生，我是他們的關門弟

子。由於學生少，導師採用靈活的教學方式，以討論為主，並常安排學生到導師家的書齋上課。這種近似一對一的師傅帶徒弟的師承關係，不僅提高了研究生教育的質量，而且加深了師生間的感情。這樣的研究生教育方式對我現在培養自己的研究生有著很好的借鑒意義。

先生主要從事古代文學、古代音樂學、女性文學研究，在朱權研究、《太和正音譜》研究方面用力最勤，共出版《朱權研究》（江西高校出版社 1993 年版）、《寧王朱權》（藝術與人文科學出版社 2002 年版）、《太和正音譜箋評》（中華書局 2010 年版）、《王者與學者——寧王朱權的一生》（中華書局 2013 年版）、《朱權研究史料文獻匯輯》（重慶出版社 2021 年版）等 5 部專著，並與謝曉濱、陳潔合著《古箏藝術與名曲》（百花洲文藝出版社 2000 年版）、與謝曉濱合著《文史談古箏》（上海音樂出版社 2015 年版）。這些著作全面反映了先生在朱權史實及思想研究、《太和正音譜》及相關曲學研究、古箏音樂與文化研究等方面的突出成就。此外，先生尚有一些刊發於不同時期各類刊物的學術論文和會議論文。為了便於集中閱讀散見於各種出版物上的文章，也是為了很好地整理自己的治學經歷，先生接受友人建議，從 1983 年至 2021 年間刊發的文章中選出在她看來能代表其不同階段和門類學術成果的文章，分「曲學研究」、「朱權研究」、「《太和正音譜》研究」、「湯顯祖研究」、「女性文學研究」、「民族音樂研究」、「小說、散文研究與古籍整理」、「書評序文」、「學林憶往」等九類共 47 篇，以《文存》命名。這些散見文章與前述論著共同構築了先生幾十年經營的學術殿堂，見證了先生的治學路徑。

先生被譽為「朱權研究第一人」（洛地先生語）。《文存》所收有關朱權研究的文章與相關係列專著相互補充，展示了先生在朱權研究方面的主要成就。概括地說，其朱權研究的主要貢獻在於考證朱權的生平史實，研究朱權曲學著述《太和正音譜》，匯輯朱權研究史料文獻，並對文獻進行考證等。由於朱權的生平關係到明初的一段重要歷史，特別是關於「靖難」這段歷史在過去的史籍記載中有一些模糊和疑點，所以先生對朱權史實的研究十分必要。先生花了許多工夫，挖掘新的史料，進行合乎邏輯的推理，使一些疑點得到澄清；通過對朱權移藩南昌的心態、奉道尊儒斥佛的思想、提升曲體地位的觀念、投身文化建設的意義等的研究，勾勒出朱權集王者與學者於一身的獨特形象。

其對《太和正音譜》的研究，走在學界對古典戲曲論著研究的前列，與

葉長海對王驥德《曲律》、（臺）李惠綿對周德清《中原音韻》等的專題研究可謂鼎足而立，形成了當代學人對古典戲曲理論最重要著述研究的三駕馬車。先生不僅指出《太和正音譜》沒有所謂「洪武本」，從而解決了長期以來學界以訛傳訛的問題，而且對《太和正音譜》在戲曲發展史上作用的認識較一般的戲曲理論文獻研究更進一步，認為《太和正音譜》在曲體由俗文化走向雅文化——民族文化的道路上邁出了關鍵的一步，此乃其朱權及其《太和正音譜》研究成果的靈魂。

需要特別說明的是，由於朱權的著述涉及史學、道教、醫學、文學、曲學、音樂學、農學等諸多學術領域，所以朱權研究的難度遠大於其他歷史人物的個案研究。先生幾十年專注於朱權研究，一方面說明朱權研究的確是一個學術研究的富礦，另一方面更折射出先生學養之宏富，已非一般從事專項研究的學者可比。

在學術研究中，先生與蔣星煜、洛地二位先生有著深入的切磋。蔣、洛二先生曾為先生的著作作序，洛先生同時擔任先生《太和正音譜箋評》的審稿，而先生在讀了蔣、洛二先生的書稿後亦深有感慨地寫了一些評論，這些文章已收入《文存》「書評序文」欄。先生與蔣先生的交遊始自上個世紀80年代，先生為《元曲鑒賞辭典》撰寫了26篇賞析類文章，得到了主編蔣星煜先生激賞。蔣先生關於《西廂記》中「玉人」喻指崔鶯鶯、《桃花扇》之「扇」為團扇而非摺扇等精彩論斷與獨到的研究方法，為先生所稱道。據先生《贈洛地君》詩自注，先生與洛先生的結識始自1987年先生應上海辭書出版社約審《元曲鑒賞辭典》稿之際。此後，二人交流漸多且深。洛先生將從上古「歌永言」延續到近世「依字聲行腔」的曲唱理解為最具華夏民族特徵的文樂唱法，這一點得到了先生的認同，《文存》關於曲學的討論在一定程度上也對洛先生的相關觀點有所回應。

以散曲為主要對象的曲體文學研究，是先生在朱權研究之外的又一重要研究課題。如何理解散曲這一特殊的文體特性，不同時期有著不同的看法。在現代學術開蒙之初，王國維先生以「一代有一代之文學」的觀點將散曲視作「元曲」的形式之一，與元雜劇一起享受著與唐詩、宋詞同等的代表一代文學文體的重要地位，且在與同為音樂文學的詞曲比較中提出「詞之言長」、「曲之意豁」的觀點（《人間詞話》）。在解放後的相當長時間，學界對於散曲的理解主要從「現實主義」、「人民性」、「戰鬥性」等角度出發，這也是時代使

然。到了八十年代改革開放之後，學術研究有了更為開放的空間，對散曲文體特性的重新思考有了可能。在此背景下受當時流行的通俗歌曲的啟發，先生提出「散曲是歌詞，而且是通俗歌曲的歌詞」，具有娛樂性、世俗性、諧謔性三大特點的新認識。《文存》所收的關於元散曲的文體特性及其評價問題的五篇論文即為這方面研究的代表作。散曲雖有一部分作品直接反映作者當時的社會生活，屬於現實主義作品，但卻有大量作品表達的是思想上的憤世情緒，語言上用故作驚人之筆，這種反常規的審美心態體現了一種反傳統精神，不能理解為作者人生態度、價值觀念的直陳，不宜被簡單認作現實主義作品。今天我們若以通俗歌曲的特性來觀照散曲，就會發現元代散曲與當代通俗歌曲有著驚人的相似。在今天，這個問題不難理解，但在九十年代初先生提出這個觀點時卻具有十分明顯的創新意味。其實，如果我們遵循先生的觀點看元曲的創作與演出，就會發現不僅散曲是元代的通俗歌曲，而且元雜劇也是近似當時的個人演唱會。進一步講，元雜劇一腳主唱的敘事體制正是受當時流行歌曲演唱影響而出現的。

在文體獨立性上，宋代李清照承續漢魏六朝的文學獨立意識，從文體獨立的角度提出「詞別是一家」之說（《詞論》），開啟了元明以來詞曲學的別體思維。然而，遺憾的是時至今日，曲學研究和古籍整理中作為韻文學的曲體意識並未得到很好的貫徹。先生認為「曲作者按規定填寫，讀者接受時，也要用這樣的思維方式去接受。詩詞曲作者寫作品時，文義思維在先，但寫作時是格律在先的。」（《曲作標點與文體意識》）為此，先生特撰《曲作標點與文體意識》《再說文體意識》等文，指出文體意識的重要性，強調這是戲曲、散曲作為曲體文學區別於其他文體的特別之處。

由於韻文學的核心要素是文與樂，所以包括散曲、戲曲在內的曲體韻文研究必然涉及文樂關係的研究，這也就要求研究者必須具備一定的音樂知識儲備。《文存》收入的先生關於箏、琴文獻以及音樂家的民族音樂研究的成果，已經充分體現了先生在音樂學方面的造詣。她要求研究生對音樂特別中華民族音樂有所瞭解甚至研究。1993 年我參加碩士生面試，先生就認真地問我懂不懂音樂，當得知我曾經讀過師範學校，接受過音樂理論、樂譜視唱、樂器演奏、音樂鑒賞等教育、訓練後，滿意地頷首稱許，其滿面春風的神態我至今依然記得。不僅如此，先生自己也習彈古箏，研究箏樂文化品質、箏器來源、古箏文獻等。古箏之外，先生還研究古琴音樂及其文化，這既是其朱權

研究的重要組成部分，也是先生整個學術研究領域的重要方面，對於其主治戲曲史與曲學的助益是不言而喻的。

先生對女性文學也有著較深的關注與研究。先生重點研究江西的古代女性文學活動，並結合《吳吳山三婦合評牡丹亭還魂記》剖析古代知識女性精神世界的自由與禁錮。先生不認為古代知識分子家庭的女子在「三綱五常」的理學思想鉗制下只能做些女兒針黹，強調這些女性接受著很好的文化教育，並有權利和機會去參與文學創作。當然，先生也指出身處封建時代的女性，其文學生活與男性作者一樣也受到禮教思想的束縛，甚至較男性更為嚴重。先生從小就生活在詩禮之家，家庭的開明教育環境使先生得到了與兄弟同胞相同的接受現代教育的機會。這是她女性文學研究的思想出發點。其《讀袁枚的祭妹文》從古代知識女性的命運體味哀誄之情，《寶黛愛情屬於未來》探討寶黛愛情品質究竟在哪些方面具有超前性、未來性，都是從女性文化與古代社會生活關係的角度作出的解讀，實屬有著深層思考的女性文學研究。

先生文學才情豐贍，有著濃厚的詩人氣質。《思蝶軒詩稿》收有先生自1961年至2016年間創作的詩、詞、曲及現代詩歌、雜體詩作，共計109首。內容雖然很少涉及重大事件，但除詠贊古人古事外，都是先生自己的日常生活和真情實感，有時是片刻的情感波動，卻絕無矯情和為文造情。先生詩歌創作的感悟與靈性體驗，無疑對其品評他人的詩歌創作與評論有著直接的幫助。先生的江西師大同事、著名唐宋文學研究家陶今雁先生曾撰有《今雁詩草》《雪鴻集》《秋雁集》《寒梅集》等四部詩詞集和選注《唐詩三百首詳注》。先生從「注詩寫詩寄深情」的角度評陶先生的唐詩選注和詩歌創作，從「詩是他的生命，也是他的生活和生存狀態」的層面為《寒梅集》作序，皆為基於詩性感悟和學理分析的中肯之論。

古籍整理是先生的重要工作之一。她曾在胡守仁先生的指導下以新發現的清抄本《魏叔子文鈔》為參校本整理《魏叔子集》（中華書局 2003 年出版），擔任江西省重點古籍整理項目《豫章叢書》（江西教育出版社 2002 版）的主編（與周榕芳、萬萍、段曉華同編），單獨整理其中的姜曰廣《輶軒紀事》、胡直《胡子衡齊》、朱議霶《朱中尉詩集》等別集並承擔叢書繁重的審稿工作。此外，還曾參加過《簡明中國古典文學辭典》（江西人民出版社 1983 年版）、《中國歷代賦學曲學論著選》（百花洲文藝出版社 2002 年版）、《中國歷代詠物詩辭典》（江西教育出版社 2002 年版）以及《江西藝文志》等編纂工作。

《江西藝文志》南昌卷為先生獨立承擔，雖然該卷稿子早已殺青，但《江西藝文志》因其他卷遲遲未完稿而未得出版。先生《文存》所收《論新發現的〈魏叔子文鈔〉》《胡守仁先生與〈魏叔子文集〉》《曲作標點與文體意識》《再說文體意識》等文對古籍整理若干問題的討論，顯示了先生對古籍整理的基本看法：其一，要選好底本；其二，要有文體意識，尤其詞體、曲體文獻的整理務必遵守相應的文體特點；其三，要有淡泊心態，不可急功近利；其四，要有使命感和奉獻精神。此四者，皆可謂古籍整理的至理。

《文存》給我們提供了關於治學方法的諸多思考：

突出創新意識。先生治學堅持獨立精神，追求原創性。《文存》和其已出版的著作處處可見先生的新知卓見。先生通過自我否定實現自我超越，實現其學術研究的推陳出新。如在《文存》所收關於琴曲《秋鴻》著作權的二文中，先生先主張為朱權所作，後修正前文觀點，認同非朱權作之說，並進一步分析了朱權在《神譜·秋鴻》中不標明作者的心路歷程。洛地與胡忌二先生共同主編的以反思為主旨的系列集刊《戲史辨》曾三次邀請先生為之撰稿，也是對先生研究中具有創新思維的肯定。

不以今人責古人。這是我跟隨先生讀書時先生經常告誡我的話，先生自己為我們做了很好的榜樣。如對《太和正音譜》文字中歧視藝人的「貴族階級偏見」問題，先生認為，如果不把它放在當時特別的歷史進程中來觀察，而以今人的理論框架去衡量，那古人多半會在今天各種「主義」、「學說」面前「相形見絀」。再如，對如何正確看待古代女性的社會生活、文學生活問題，先生認為，不應以今天的女性思想揣測、苛求古代的女性，而要將古代女性放在古代社會的客觀環境中，實事求是地還原其真實的歷史生活。不苛責古人的思維，還隨處見諸先生的其他文章，不贅。這對當今年輕學人容易任意解讀歷史，研究缺乏歷史語境的流弊，是很有警示意義的。

深入田野調查。除了一些研究小說、散文的文章和對湯顯祖劇作解讀的文章外，《文存》中絕大多數文章都是基於文獻研究的所得。文獻考證是先生學術研究的主要方法，但先生同時很重視田野調查。她早年深入實地調查朱權在南昌的活動行跡，晚年前往朱權當年封地大寧考察，以印證有關文獻對朱權史實的記載。在退休之初，先生受聘瓊州大學，遂又考察湯顯祖在海南島的行蹤。在她看來，「湯顯祖到過海南島這一經歷對湯顯祖的人生有過積極的影響。無論是研究他的生平，或者是研究他的創作，都不應該忽視他的這

一階段經歷。」(《湯顯祖與海南島》)在戲曲學界，田野調查常被誤認為是前海派學者的專利，其實，對學院派學者來說，田野調查法常能收到意想不到的奇效，田野調查與文獻研究互證更容易突破研究瓶頸。

重視俗文學研究。民間俗文學創作不同於文人創作之處，是其採用顧頡剛所說的世代累積法。最有代表性的俗文學研究是民間傳說和戲曲研究。上個世紀二十年代初，顧頡剛創辦《歌謠週刊》並發表《孟姜女故事的演變》，開了現代學界俗文學研究的先河。嗣後，錢南揚、鍾敬文等先生陸續發表一系列的俗文學研究成果。但從俗文學角度研究民間傳說的傳統方法沒有得到很好的延續，直至 1989 年臺灣學者李殿魁先生《雙漸蘇卿故事考》的問世，才喚起學界對民間傳說研究的再次關注。先生重視俗文學研究，《文存》所收《雙漸蘇卿故事研究補說》就是對李殿魁《雙漸蘇卿故事考》研究的補充。在研究方法上，民間傳說研究對於其他俗文學研究有很好的參考價值，尤其對戲曲創作的本事來源研究及戲曲改編研究很有參考作用。錢南揚先生的南戲研究在方法上屬於同類，值得學界尤其戲曲研究界重視。

提升鑒賞能力。先生早年為《元曲鑒賞辭典》撰寫了大量文稿，皆為獨立鑒賞的文字，不因襲他人成說。《文存》所收分別討論散曲的娛樂性、世俗性、諧謔性的三篇論文即在此基礎上撰寫完成。對作品的準確把握要以對作品的準確鑒賞為前提，足見提高鑒賞能力的重要性。由此可知，鑒賞類文章對訓練年輕學者是相當重要的。我在後來自己指導博士生、碩士生時，明確要求學生在校期間要會寫文獻考證類、理論分析類、文學鑒賞類、舞臺劇評類等四類文章，其中對於鑒賞類文章重要性的認識就是受了先生的啟迪。

增強使命感。先生像許多老一代學者那樣，視學術為天下之公器，將治學當作傳承中華優秀傳統文化的手段，有著強烈的使命感。先生治學的坦蕩胸襟和不斷求索的銳進精神，都基於這樣的使命感。2002 年 4 月 26 日先生給我的來信中說：「我又去了一趟北圖，在文獻方面又有新的發現，對這本書我現在是遺憾大於滿足的。」已經出版了多種朱權研究的專著，卻依然覺得自己的研究「遺憾大於滿足」，這是何等的氣度與格局！相較有些許成果就沾沾自喜的某些當代學人而言，此何啻霄壤之別！《文存》所收論文絕大多數畢役於其榮休之後，拎出這些選題加以研究並非出於晉升職稱或申報獎項、各種頭銜標籤的需要，此統不在先生慮及之列。先生所慮者，唯如何使研究更加精進以完成文化傳承的使命擔當。

提攜後進。《文存》收《胡守仁先生與〈魏叔子文集〉》一文，回憶了胡先生對先生學術發展的指導，不禁讓我想起先生在我初入師門時帶我拜訪胡先生的情景。先生向胡先生介紹我是她新招的研究生，希望胡先生以後對我多加指導。這讓我很感動。先生將我介紹給胡先生，從研究生培養的角度看，是值得倡導的做法。轉益多師、虛心請教是治學的重要門徑，所以導師有必要將學生引薦給前輩學者。基於同樣的初衷，在我碩士入學的第一個暑期，先生就帶我去天津參加了全國第二屆韻文學研討會。第一次近距離向全國一些知名學者問學，對我的學術成長十分重要。我後來到南京大學讀博士，也與在這次會議上瞭解南京大學戲曲學專業有關。先生對我的提攜，為我培養研究生樹立了楷模。

上述諸種感懷都基於我對先生學術生涯、治學方法和為學精神的理解。我最感念的是先生的學術人格。學術業已成為流淌在先生體內的充滿著生命活力的血液。先生的生命總是為了學術的完美，也因了學術而完美。記得 2015 年金秋時節，江南秋意正濃，我請先生與萬萍先生二師一同來寧講學。利用間際，我侍奉二位先生到南京城中明故宮遺址、夫子廟、六朝博物館、江寧博物館，城東的棲霞山，城南的南唐二陵、牛首山，以及滁州琅琊山，鎮江金山寺、北固山等處遊歷。所到之處，先生都會提出一些學術問題討論。師生移步換景，駐足交流，其樂融融之情令我終生難忘。明故宮是她幾十年如一日研究的朱權曾經生活的地方，到此她不僅感慨萬分，更有恍惚穿越時空之感。而當在琅琊山的山巔之上意外發現自己長期研究的朱權琴譜被刻在石碑上時，先生更覺自己的研究有著不可磨滅的現實意義。離開醉翁亭下山途中，先生特意買了一把題寫「醉翁亭」內容的摺扇送我作紀念。在我看來，千年之前的醉翁之意，就當下的先生而言抑或不在山水之間，而在學術之間；而千年之前的醉翁之樂，就當下的先生而言，抑或不在山水之樂，而在為學之樂。

目今，先生雖已年屆 88 齡，但治學之樂不減。在先生心中，能為學術做點貢獻，即是人生最大的快樂。快樂治學，化為生命。《文存》證之。

是為序。

孫書磊

2021 年 9 月 29 日於南京大學文學院楊宗義樓

前　圖

姚品文近影（2021 年 7 月 7 日攝於南昌思蝶軒）

1990年全家合影於南昌人民公園。左起：張峰、張崢、姚品文、張嵐、張選勁。懷抱的小孩為外孫余唯克。

大學時期的姚品文（1958年攝於北京師範大學校園）

1965 年 6 月 26 日，姚品文（右二）與友人在江西師範
學院校門前合影。

1985 年 10 月，姚品文（左一）在紀念蔣士銓逝世二百週
年學術研討會上與周妙中（右一，時任中華書局副總編）、
呂小薇（中，江西教育學院教師）合影。

1985 年姚品文參加學術研討會，與恩師北師大郭預衡先生（中）、學長
李修生（左一）攝於杭州。

1992 年姚品文帶學生曾中輝（左一）、田根勝（右一）赴曲阜參加學術
研討會，返贛途中攝於南京，右二為洛地。

1999 年 12 月 27 日，美國古琴家唐世璋（左一）夫婦為朱權研究來訪
（攝於省政府二大院寓所）。

2014 年 8 月 5 日，曾經的學生（後排左起）謝方、孫書磊、曾中輝、田
根勝從南京、天津、東莞來南昌為姚品文賀八十壽辰。前排右一為萬萍。

2015 年 11 月 11 日，姚品文在南京師範大學文學院給研究生做學術講座後合影。前排坐者左起：萬萍、姚品文、孫書磊，後排為孫書磊所帶博士生、碩士生。

2015 年 11 月 11 日，姚品文（右一）與萬萍（中）、孫書磊（左一）在南京明故宮午門前合影。

2019 年 3 月 9 日，姚品文與朱權研究會籌備人員合影。前排左起：汪蘭、姚品文、汪群紅、張馨予。後排左起：應宗強、段祖青、王斌、王有文、萬林一、萬國強。

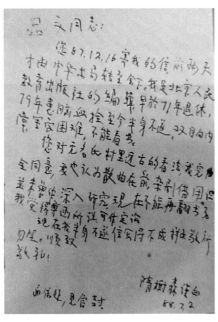

隋樹森左筆致姚品文手札
（1988 年 7 月 2 日）

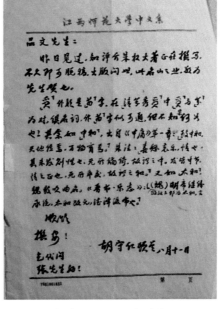

胡守仁致姚品文手札
（1993 年 8 月 11 日）

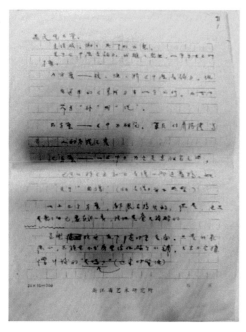

洛地致姚品文手札（1991年1月25日）

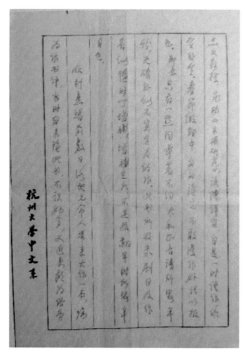
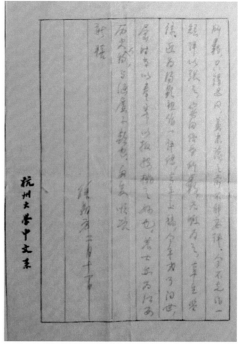

徐朔方致姚品文手札（1994年2月11日）

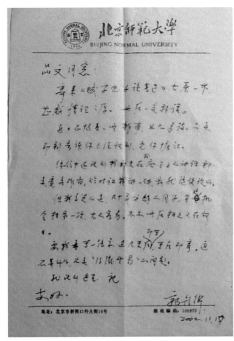

郭預衡致姚品文手札
（2002 年 11 月 17 日）

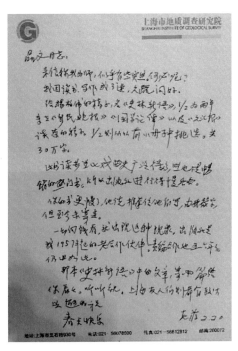

蔣星煜致姚品文手札
（2011 年 2 月 20 日）

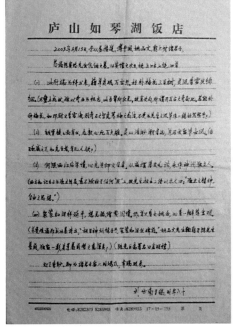

劉世南致姚品文詩箋
（2003 年 8 月 13 日）

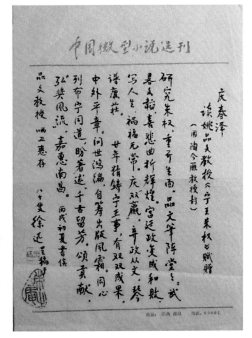

徐迅致姚品文詩箋
（2006 年 9 月 5 日）

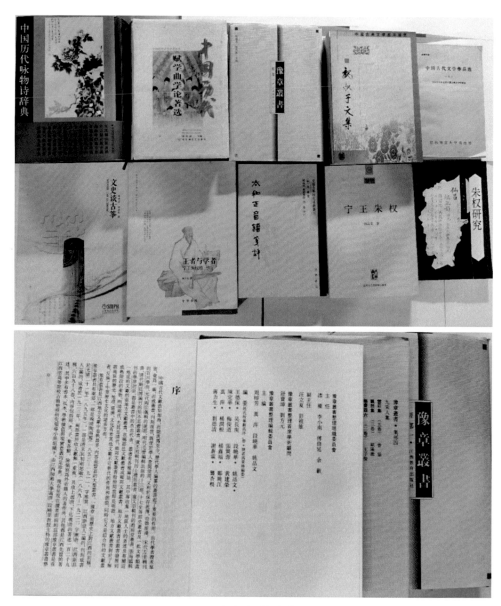

姚品文部分著作書影

目

次

曲學研究

元散曲的文體特性及其評價問題

一

關於元散曲在中國詩歌史上的地位，吳梅先生說過：「其詞清新俊逸，與唐詩宋詞可以鼎足。」（《吳梅戲曲論文集‧中國戲曲概論》）隋樹森先生說：「在元代文學史上，散曲奪得了『詞』的地位，成為當時最活躍，最有生命力的詩體，自從元代以來，就有文學批評家認為散曲和雜劇——即所謂『元曲』，是有元一代的絕藝，認為元曲可以和唐詩、宋詞相媲美。我們應當承認，元曲的產生的確豐富了我國的古典韻文，無論在思想性和藝術性上，元曲都有一些特點，元代如果沒有流傳下來的這些散曲和雜劇，那麼談到文學史上的元代文學，就難免會使人感到相當的寥落和寂寞了。」（隋樹森《全元散曲序》）

自明以降，在正統文人眼裏，曲是不登大雅的文藝，寫的人不少，研究的人不多，至近代王國維才有了相當的轉變，但他專治戲曲史，於散曲所論不多。這以後出現了一批學者，如吳梅、任中敏、隋樹森等，對散曲給予了相當的關注，他們不僅高度評價了散曲，而且在研究方面給後人鋪下了一條堅實的路。任中敏編撰的《散曲叢刊》，特別是所著《散曲概論》，具有開創意義，隋樹森結集的《全元散曲》為迄今最為詳備的元散曲總集，它們都堪稱散曲研究史上的豐碑。但總的說來，研究還顯得有些冷落。有人發現，在幾部有影響的文學史裏，元散曲所佔篇幅極少，以戲劇和詩歌的關係而言，雜劇與散曲應是「並列結構」，可是在這些書裏，它們卻是「偏正結構」。據說，這正是散曲成就遠低於雜劇的力證〔註 1〕。這種立論與推理方式是否合理姑

〔註 1〕見滕振國《元散曲成就為什麼不如元雜劇》，《爭鳴》1988 年第 3 期。

且不論，散曲所佔篇幅不多這個事實無可否認。但問題是否就在於篇幅和數量呢？現在擺在書架上的《元曲鑒賞辭典》（包括戲曲，但散曲數量很大）和《唐詩（宋詞）鑒賞辭典》一樣厚了，問題是否就解決了呢？恐怕還沒有。那麼是我們的研究者輕視這部分文化遺產的繼承嗎？好像也不是。我倒覺得許多同志在盡量挖掘元散曲的精華方面所作的努力是引人注目的，如找出其中許多「現實主義」、「人民性」、「戰鬥性」的篇章加以介紹和評價等。但這些方面的結論，有的頗難使人信服；而元散曲中大量存在的隱居閒適、風花雪月的作品仍是被基本否定的，如此「元散曲可與唐詩、宋詞鼎足」這一評價便在事實上受到了挑戰。「冷落」也好，「偏正結構」也好，也是命該如此，不必為之喊冤叫屈的。

但是對於在歷史上一個相當時期內曾被我們的先輩熱烈地好尚過，並形成了一個寫作高潮的文體，以及他們給我們留下的一筆雖已大量散佚，卻仍然可觀的遺產，卻又不是「冷落」可以了事的，更不用說當作糟粕，輕易地扔進歷史垃圾堆了。現在簡單化正在克服，文學史研究中的一些混亂正在廓清，我想對元散曲的進一步研究，應該有了深入的必要和可能。

二

研究的現狀既不是數量問題，也不是根本態度問題，恐怕就是觀念問題和方法問題了。我想還是先從一些使人感到困惑的現象說起。我只舉些實例：

（一）關漢卿的〔南呂一枝花〕《不伏老》，歷來被說成是關漢卿的自我寫照。在生平事蹟史料缺少的情況下，甚至是把它當作了關漢卿的「本傳」。說他有堅強不屈的性格，因為他是「蒸不爛、煮不熟、捶不扁、炒不爆、響璫璫一粒銅豌豆」；關漢卿多才多藝，因為他「會圍棋、會蹴鞠、會打圍、會插科、會歌舞、會吹彈、會嚥作、會吟詩、會雙陸」；連題目「不伏老」也說明關漢卿「老當益壯」，甚至它還是關漢卿深入社會底層，和被壓迫人民（如妓女）有密切聯繫和深厚友誼的史證。如此解說當然使寫散曲的關漢卿和寫出了《竇娥冤》、《救風塵》等偉大戲劇的關漢卿在人格上統一起來，可是卻使人懷疑：這樣置曲中大量「郎君領袖」、「浪子班頭」、「子弟每」、「銅豌豆」等自稱於不顧，對許多有關放蕩生活酣暢淋漓的具體描述也略而不論，是否有些過於隨心所欲？當然也有的評論家正視並指出了作品中展現的是一個攀花折柳且至死不回的「風月老手」的形象，只是以「不苛求於古人」來寬慰那些熱愛和

崇拜關漢卿的讀者。但與上面那類解說者相同，都是把其中的「我」看成作者的「夫子自道」。如此，如《借馬》、《牛訴冤》之類作品，真不知該怎樣解說了，總不能說其作者就是鄉村那惜馬如命的土財主，或者甚至是一頭牛吧？

（二）王和卿〔仙呂醉中天〕《詠大蝴蝶》是一首著名的小令，在陶宗儀《輟耕錄》中明白地記載著：「中統初，燕市有蝴蝶，其大異常，王賦《醉中天》小令云。」可是我們一些研究者卻偏不相信這類記載，認為這是古人沒水平，看不懂作品深刻的社會意義。在相當多的注本裏，把它說成是「對那些慣於污辱婦女的花花太歲、衙內式人物的譴責和諷刺」。流氓行徑古人有稱「採花」的，於是善採花粉的蝴蝶便也可以稱之為「流氓」，似乎並不是沒有道理，雖然這裡也有小小的矛盾：被「嚇殺」的蜜蜂不也是在採花麼？與「蝴蝶」不過是小巫大巫罷了，何以便被看作「被欺負的」弱小了呢？不過這也似乎是可以略而不論的。這樣解去，「思想性」是顯示出來了，但這個大蝴蝶卻不能帶給我們那種奇異而美麗的審美享受了。

（三）在相當的一個時期裏我們在討論元散曲的思想性時，所舉出的作品總是這些：睢景臣的〔般涉調哨遍〕《漢高祖還鄉》，張養浩〔中呂山坡羊〕《潼關懷古》，前者罵了最高統治者皇帝，後者說出了「興，百姓苦；亡，百姓苦」這樣的警句。這兩首曲的確不錯，可是翻遍《全元散曲》，政治態度這麼鮮明的能有幾首？它們能代表元散曲的整體面貌嗎？還有劉時中〔正宮端正好〕《上高監司》前後套，因為反映了人民的苦難，觸及了時弊，也被選入各類選本，從宏觀上說，它的確擴大了散曲的題材範圍，顯示了這種文學體裁適應性之強，實用功能之廣。可就其藝術來看，它的文學意味實在有限，只能算是曲體的報告和政論而已。至於被我們在藝術上讚譽備至的馬致遠小令〔越調天淨沙〕《秋思》又怎樣呢？好則是好了，然而卻與詩詞風味無別，前人就曾將它收入《歷代詞萃》。王國維在《人間詞話》中贊它，也是說它「寥寥數語，深得唐人絕句妙境。有元一代詞家，皆不能辦此也」。可見它也並不是元代散曲藝術風格的典型代表。

我們不得不面對這樣的現實：元散曲中大量的是寫風花雪月、四時景物和傷時罵世、隱居閒適之作。對這類題材內容作出評價，實在是對元散曲研究無可迴避的命題。吟風弄月是談不上思想性的，傷時罵世雖然可謂「有揭露和諷刺黑暗現實的一面」，可是它又往往和徜徉山水之樂、隱居田園之趣糾纏在一起。它不號召人們去「反抗」，去「戰鬥」，「無是無非」、「散誕逍遙」

之類詞句，觸目即是。對這類作品，我們斥之為「消極厭世」、「頹廢墮落」、甚至是「極端的個人主義」、「可怕的人生觀」（鄭振鐸《中國俗文學史》）似乎無可非議，但是這樣一些現象卻使我們困擾：元好問是以其愛國憂民的深情和史詩般的筆觸贏得了與杜甫相比擬的聲譽的詩人，而他的散曲裏，也充滿對閒情逸致的讚歎與追求，和「人生有幾，念良辰美景，一夢初過。何用苦張羅。命友邀賓玩賞，對芳樽淺酌低歌。且酩酊，任他兩輪日月，來往如梭」這樣曠達閒適之情，和「憑君莫問，清涇濁渭，去馬來牛」這種不問閒是非的超然態度。關漢卿在雜劇中十分執著地關心人民和干預現實，有著強烈愛憎和是非觀念，何以在散曲中唱的卻是「離了名利場，鑽入安樂窩，閒快活」這種調子。在雜劇中，他對下層婦女是那樣同情與尊重，在散曲中卻又有嘲謔女藝人殘疾的《詠禿指甲》這樣的作品？張養浩寫出了「興，百姓苦；亡，百姓苦」，可他的散曲集叫《雲莊休居自適小樂府》，他是名副其實地過了隱居生活的。他的散曲集中常有「拖條藜杖山林下，無是無非快活煞」，「莫剛直，休豪邁。於身無益，惹禍招災」這類心跡的表露。設想，這些作家除了散曲之外，其他作品都未存世（這種情況不在少數），我們照習慣的方法，作「知人論世」的判斷時，他們留在文學史上的，將是怎樣一種面貌？

還有一類我們稱之為「愛情」題材的作品，也是元曲中的大宗。對於「愛情」，我們往往要冠之以「美好」、「反封建」等名詞。可是看看曲中的這類作品，它們並不寫如何反封建禮教，甚至也不那麼「美好」，寫閨怨相思，缺少詩詞中那種含情脈脈的韻致；寫幽會，也沒有才子佳人的優雅風度，說穿了便是「偷情」而已。至於什麼「偷情為獲」之類，更是「庸俗」之極，不在話下了。其實，與其稱之為「愛情」，無如稱之為「風情」、「豔情」為當，我們又何苦要勉力地「為古人諱」呢？

三

問題究竟何在，要對之作出全面解答。恐怕是不容易的。個中或者還包含著如「文學的本質」之類深不可測的大題目，以筆者的學力，實不敢貿然問鼎於此；也不想或者說不能對上述問題作出逐個解說。我只想一般地就元曲的特性問題，作點淺嘗輒止的探索。

我想原因之一，是我們的文體意識不夠強，而這種狀況，又來自於我們思想方法上的簡單化傾向。我們對散曲這種文體的特性認識和重視不夠，當

我們對元曲的產生作史的觀照時，我們是注意到它是作為一種新的體裁出現在近古文壇上的。然而我們往往只是看到了這種「新」是詩歌形式上的一種變化或者說是「解放」，忽略了這種體裁與生俱來的內容和風格特點，忽略了這種文體實用功能的不同及作者在使用這種文體時的目的與創作心態的不同，以及由此必然產生的內容和藝術手段的不同。這種不同就是一種新的特性。與其他的一些文體比較，它既有所長，也有其所短。說得怪誕一點：「長即是短。」一切事物，莫不如此。對於我們的認識而言，或者應該說是，雖有其所短，更應該看到它的所長。我們不應該用適應於所有文體的不變標尺去衡量，因而只能見其所短，而應該用一種新眼光，發掘它所提供的其他文體所不具備的創新的東西，充分認識它的價值，這也正是我們對元曲應該做而做得不夠的工作，或者說是一些前輩學者已經開拓，如任二北、隋樹森先生等，而後繼者卻還未接踵而至的工作。今天已經有許多新的觀念、新的方法，本來應該做得更好些。

四

　　散曲是歌詞，而且是通俗歌曲的歌詞。由此出發認識其特性，我想至少有下列幾點：娛樂性、世俗性、諧謔性。這三者本是一體的或者是共生的，只不過是從不同的方面切入罷了。

　　娛樂性是散曲最基本的特性，這是它的實用功能決定的。散曲是娛樂品，它存在的第一要義是給人以聲色的愉悅。廣義地說，一切文藝都是娛樂品，審美便是一種娛樂，但卻有種種的不同。戲曲是娛樂品，但它是敘事的。人物的活動，情節的發展，使它具有很大的生活容量，它可以再現現實生活，所以可以直接指導人們的生活，所謂「厚人倫，美風化」，可以「寓教於樂」。而散曲是一種小唱，它常用於筵宴酒席之間，用於佐餐侑觴。人們在欣賞歌兒們甜潤的歌喉時，對歌詞的賞鑒咀嚼便退居第二位了。而且當與宴者酒酣耳熱，尋歡作樂之際，如果在歌詞中提出一些國計民生的大題目請他們去思考，去憂慮，去憤怒，恐怕只能大掃其興，是再也樂不起來了。即便是「窮年憂黎元」的杜甫，當他「陪諸貴公子丈八溝攜妓納涼」時，怕也不會讓那些「越女」、「燕姬」去唱「君不見青海頭，古來白骨無人收」的罷？

　　詩詞本來也是唱的，也有「侑觴佐酒」的娛樂功能，與曲具備同樣的出身以至血緣關係。尤其是詞，原與曲是同類。但是我們不能忽略，經過長期

的發展，它們的性質都發生了相當的變化。詩，從它的童年開始，就肩負了「興、觀、群、怨」多重使命。廟堂樂章不是好詩，但卻不能不說是詩。在漫長的歷史過程中，詩雖說是「饑者歌其食，勞者歌其事」，但主要的還是知識階層抒情言志的手段，這兩者都是與現實主義相通的。而且作為審美對象，它主要是供自己和同一知識階層的人去欣賞，去取得相互思想感情上的共鳴。愈到後來，詩離演唱的用途愈遠。詞產生在詩已基本走上案頭的時代。正是「淺斟低唱」的需要才產生了詞。詞不僅用於演唱，在形式和規律上與詩有明顯的不同，在抒情言志的實用功能方面也是各有所擅的。王國維在談到詩詞不同的文體特點時也曾說：「詞之為體，要眇宜修。能言詩之所不能言，而不能盡言詩之所能言。詩之境闊，詞之言長。」（王國維《人間詞話》）蘇軾擴大了詞的境界，卻又抹殺了詞與詩的區別，因而受到深諳詞體的李清照的批評。後來，在一些詞家的手裏，詞的功能逐漸靠近了詩，也成為文人抒情的主要手段，只保留了某些形制的區別時，詞也就失去了自我，而由曲取而代之。

曲是不是走著與詞相同的道路呢？不錯，後來又有了民歌俚曲，現在唱的歌更大不相同了。但是我們在這裡討論的是元代散曲，那時還是這種文體生命力最旺盛的時代。《全元散曲》中保存著許多贈歌者之類的作品就是散曲還留在歌樓舞榭的證明。事實上到明後期，《金瓶梅》中的西門慶和清中葉《紅樓夢》中馮紫英的家宴上，仍在唱散曲。不可否認，元代就有了相當數量的散曲是文人供自己案頭欣賞的。但是從主流方面說，它卻保存了作為群眾通俗歌曲的特色，即便是有相當詩詞化了的《小山樂府》之類出現，卻也並未使散曲脫盡其本色。這種情況是與一定的歷史條件相關的，那就是傳統的詩詞並沒有退出文壇，它仍然保留著它的正統地位，仍然是文人手中抒情言志的主要工具。散曲雖為文人們所喜愛，但它的社會地位並未超過散文和詩詞。元代文壇詩詞的聲望為散曲所奪，其原因是多方面的，其中之一是評價者不可避免地要對之作歷史性審視，在光芒萬丈的唐宋詩詞面前，元詩詞不免黯淡。無論如何，我們有理由相信，元代（不只是元代）凡有文學寫作能力的作者，包括散曲作家，對詩詞寫作都是訓練有素，運用得相當純熟的，但他們寫詩詞時的創作心態與寫散曲時很不相同。他們決沒有忘記散曲是娛樂品，他們或者完全是為了娛樂的需要，如給歌妓們去唱，去賞玩，或者是為自己案頭欣賞，也仍然要使作為娛樂品的散曲的某些「基因」保留著，否則，他們是寧可去寫詩詞而不必寫曲的。因此，我們至少應該知道，不能將作者在散

曲中顯現出來的面目當作他們的人格全貌。以散曲的內容來給一位作家全面認定是不確切的。例如前面所舉元好問的例子。什麼是元好問的真實的或者是主要的面貌呢？顯然，是那個要效法張騫、傅介子、劉越石的并州少年，那個以如椽的詩筆發出了時代的呼聲的詩人。如此，我們對於元散曲中留存著大量四時景物、風花雪月之類作品，也便會不以為怪了。無論你對之如何是非褒貶，它也是造化播下的種子，自有其生長的土壤環境和榮枯的緣由。

這樣似乎是順理成章地得出散曲只不過是一種消閒文字、無聊玩意，沒有什麼價值可言的文體。這可能要觸及一個重要的卻又是本文所不能深談的問題，那就是對文學的娛樂功能如何看待，甚至是對人的娛樂需要的本能如何看待的問題。如果我們承認娛樂也是人性中一種必要的正當的精神需求，不但剝削者壓迫者需要，被剝削者被壓迫者也需要，只不過層次情趣有差別罷了，這樣散曲的娛樂作用就是有價值的，而且是痛苦的呻吟和戰鬥的號角所不能替代。因此我們就不必費盡心思去從散曲中披沙揀金，探求微言大義了。對於那些有人民性、戰鬥性的作品，我們當視若珍寶，對於那些僅有娛樂作用的作品，我們也無須棄如敝屣，而對所有這些作品，我們都應當著重去研究它們在娛樂人民方面，是如何展其長技，放射光輝的。

其次是世俗性。這裡所謂「世俗」，不是針對宗教精神，也不僅是指語言上的通俗。大致是指的它趨時與從眾的品格，貼近普通群眾特別是城市居民日常生活和非理性精神等方面。換言之，主要是指世俗生活投向散曲的一層文化色彩。任中敏先生說：「（散曲）上而時會盛衰，政事興廢，下而里巷瑣故，閨闥秘聞，其間形形式式，或議或敘，舉無不可於此體中發揮之者。冠冕則極其冠冕，淫鄙則極其淫鄙，而都不失其為當行也。以言詠物，則公卿士夫，騷人墨客，固足以寫；販夫走卒，娼女弄人，亦足以寫。且在作者意中，初不以與公卿士夫，騷人墨客有所歧視也。大而天日山河，細而米鹽棗栗，美而名姝勝境，醜而惡疾畸形，殆無不足以寫。而細者醜者，初亦不與大者美者有所歧視也。」（任中敏《散曲概論》卷二）這種兼容並蓄，雅俗共賞，而且均不是以前者而是以後者即表現里巷瑣故，閨闥秘聞，販夫走卒，娼女弄人，米鹽棗栗，惡疾畸形等為其基本特色，正是其世俗性的一種表現。就整體而言，如果沒有了這些俗的東西，也就沒有了散曲，而沒有了時會盛衰，政事興廢，公卿士夫，騷人墨客等等內容，固然使散曲顯得單調薄弱，卻仍不失其為散曲。那些「冠冕」的內容進入散曲的範圍，能夠與之渾然一體，相

互協調，也是因它已化深為淺，化雅為俗之故。如「興，百姓苦；亡，百姓苦」這樣具有巨大歷史概括力的思想，說出來，卻是這般通俗，如出田夫農婦之口。而批評開國皇帝對自己出身的背叛，本可以發出極其深奧堂皇的議論，在散曲《高祖還鄉》中卻化成了沒見過世面的村夫種種可笑的誤會。這裡顯然不只是個語言問題，而是將一些高深的理性思考世俗化了，成了普通群眾都能理解的日常生活現象。

憤時罵世是對黑暗社會的不滿，隱逸自陶淵明以來也被看作是知識分子反抗現實的一種方式（終南捷徑者除外），何以散曲中這類作品卻失去了人們的青睞呢？我想主要原因是其中的確充滿了「無是無非」，「莫剛直」、「休惹禍」，「鑽入安樂窩，閒快活」之類庸俗說教，不得不使人把它們的作者都看成奉行明哲保身和及時行樂人生哲學的人，如果只是從表面去看的話。但是只要深思一下，就會提出這樣的問題：何以散曲中這類作品幾乎全呈此種傾向，甚少例外，難道中國知識分子憂國憂民的傳統至此遽然中斷，或者說散曲作家一律被蒙古統治者（取消科舉、「八娼九儒十丐」等）壓彎了脊樑，全都縮到「個人主義」的蝸角中去了嗎？如前所述，元好問詩歌中表現的愛國思想；關漢卿在雜劇中對現實的積極干預；還有張養浩，在關中大旱時，毅然走出了那閒適的雲莊，出任陝西行臺中丞，兩月之後即卒於任上，真正做到了「鞠躬盡瘁，死而後已」。他們的文學和行狀對上述問題作了否定的回答。還有一種現象，即散曲作者推崇的是嚴光、陶潛、陳摶這樣的人，歷代知識分子最為尊崇的正義、愛國、忠君和具有獻身的精神的楷模如伍員、藺相如、屈原等，卻受到「不達時」之類的非議，這的確是非常特殊的，在散曲以外的詩詞文中絕難找到，這只能說明是散曲這種體裁使他們脫出了傳統的思維軌跡。無可否認，充滿不安全感的社會，必然造就普遍的全身遠禍、明哲保身的世俗心理。散曲作者在運用這種通俗文學形式時，他們並不想表現他們的情操是何等高尚，思考是何等深邃，因為那與這種通俗文學的格調不相稱。換言之，他們在散曲中表現的是一種趨時、從眾的傾向，是他們對社會不公平、不合理的不滿情緒一種非理性表達。而不是他們自身人生觀、世界觀的直陳。這在散曲流行的元代，是人人可以會心而不致曲解的。

這樣是不是說這類作品中流露的思想都是不真實的呢？這也是不能一概而論。人的思想性格是複雜的，是多層次的甚至是有矛盾的。人都有世俗生活的一面，也有世俗心理的一面，只看何者在什麼時期占主導地位罷了。不

僅在社會人生之類大節上如此，在日常生活方面尤其如此。飲食男女，應對進退，並非處處都是風流高格調，何等高貴的文人雅士也不例外。可是在雅文學的創作中，他們表現的往往是其高雅深邃的一面，世俗的一面被掩蓋了。也許只有散曲這類文學，才能使他們的受束縛的個性得到釋放，才全面地顯現出他們的人格，也只有通過各種文體包括散曲，我們才能充分瞭解古人的精神面貌。

諧謔性是就散曲的審美特性而言的。任中敏先生說散曲的特點是「莊諧雜出」，他的曲話就名之曰《曲諧》，可見散曲的特色主要在「諧」。清戲曲家黃周星也說：「製曲之訣，雖盡於『雅俗共賞』四字，仍可一字括之曰『趣』。古云『詩有別趣』，曲為詩之流派，且被之絃歌，自當專以趣勝。」(《中國古典戲曲論著集成·製曲枝語》)詩詞也追求「趣」，然而詩詞之趣是較為含蓄，較為隱約的。而曲的趣卻是非常外化，非常強烈，須達到詼諧和嘲謔的程度。趣在詩只是色彩之一，卻非必備；在曲，卻是一種主要特色。沒有諧趣就缺少曲味。所以大多數元曲作家，無論何種流派，都要作出一些努力，賦予自己的作品或多或少的諧趣，使讀者或捧腹大笑，或會心微笑，從而使散曲這種文學具有一種統一的美學風格，也具有了一種共同的個性，即樂觀的天性。

在取材方面，散曲往往捨棄那些宜於詩詞表現的重大題材，在立意方面也不追求深刻嚴肅的寄寓，從而使散曲保持輕鬆愉快的特色。它往往選取生活中那些具有喜劇意味的形象和片斷去表現。例如詠物，它追求的主要不是似，甚至不是一般意義的美，而是有趣。如王和卿的﹝雙調·撥不斷﹞《長毛小狗》：

> 醜如驢。小如豬。《山海經》檢遍了無尋處。遍體渾身都是毛，
> 我道你有似個成精物。咬人的苫帚。

讀了這首小曲，誰都會感受到這個活潑滑稽的小愛物帶來的快樂。詠人體的某些特徵甚至是缺陷是散曲常見的題目。白樸的﹝仙呂·醉中天﹞《咏佳人臉上黑痣》：

> 疑是楊妃在。怎脫馬嵬災。曾與明皇捧硯來。美臉風流殺。巨
> 奈揮毫李白。覷著嬌態。灑松煙點破桃腮。

它寫得這麼美，可是這並不是在形容痣本身的美，它美在無端想像出李白被楊妃之美吸引，而使墨點灑上桃腮這一故事的巧妙有趣。如果說痣還不算什麼大缺陷的話，那朱簾秀的背佝僂卻算得上是白璧之瑕了。朱簾秀是個高雅

的妓女，和許多文人有深厚的友情，也很美。可是他的朋友馮子振還是以「蝦
鬚影薄薄見，龜背紋細細浮」之句（［鷓鴣天］，這是一首有曲味的詞）來取笑
她。這算是貼切而又無傷大雅的。還有如《詠禿》、《詠禿指甲》之類就有些惡
謔的意味，但在當時的風氣裏，是並不算刻薄的，從中卻能見出作者的巧思，
給人以愉快的審美享受。

　　散曲是以直露，以酣暢而不是以含蘊和頓挫為特色的。但這不是說散曲
就沒有含蓄。相反，散曲的幽默、詼諧常常是一種很深刻的含蓄。生活中有
許多苦難、令人痛苦的事，可是人表達痛苦的方式也是多種多樣的。人不能
一味地哭天抹淚，有時也要把真實的苦難掩蔽起來，強作歡顏，這也是散曲
的方式。我們常責備散曲在隱逸和寫景的作品中，美化了田園生活，不僅沒
寫出農民的被壓迫，受剝削，而且寫他們自己也個個是那麼安樂自在。例如
無名氏的［仙呂村裏迓鼓］《四季樂情》，將隱居田園的樂趣從春寫到冬，主
人公一味的遊山玩水和醉酒，飲起酒來無休無止，「酒杯中不夠，村務內將琴
劍留，倉廩中將米麥收……」把糧食家產一齊變賣了來喝，難道這是一種生
活真實的描繪嗎？如果只是個別作品如此，還可以理解成「美化」，而在元散
曲中幾乎無例外地這樣去表現田園生活，包括前面所說的那些十分關心現實
的作家。何以如此？我們是否也可以從散曲的這種以樂觀、諧趣為特點的美
學要求來理解，從而透過表層去尋求其內心深處的底蘊呢？而有些作者在散
曲中或以輕鬆幽默的語調自嘲，或以皮裏陽秋的反語諷世，儘管歸結到「避
世」，那寓意的相反，乃是顯而易見的。前面所述「明哲保身」、「及時行樂」
的作品，有時也屬於這種情況。

　　總之，如果我們認識到散曲不以揭示生活的真相即現實主義為主要方法，
而是以表達情緒為創作的追求，我們就不難理解這一切，也不會苛責散曲作
者是在美化現實。

　　諧趣還要通過許多藝術手段去實現，誇張即是其中之一。《詠大蝴蝶》就
是誇張得極美的一首。關漢卿《不伏老》套應該說並沒有多麼進步和深刻的
寓意，既談不上歌頌，也無所謂批判，它只是對一個「子弟每」風月生涯的誇
張描寫。通過誇張，對他的狂熱可笑進行善意嘲謔。這個套曲是散曲那種極
盡鋪排渲染、酣暢淋漓之能事的藝術手法的典型表現。這裡順帶還要提一下
散曲中代言體的大量出現，使散曲成了向戲曲過渡的文體，也使散曲具備了
戲劇性和趣味性。如杜仁傑［般涉調耍孩兒］《莊家不識勾欄》，睢景臣［般涉

調哨遍]《漢高祖還鄉》，馬致遠［般涉調耍孩兒]《借馬》等等。這種情勢是我們沒有必要將《不伏老》作為關漢卿自供的理由。

至於散曲為了趣味性而採取的純技巧更多，如集藥名、曲名、頂針、重疊以及短柱體用韻等等，我們稱之為文字遊戲。也正因為它們是遊戲，才使作品產生了種種趣味。

喜劇性是美學的一大範疇，中國古代文學中一種體裁帶有喜劇性的審美特點的，恐怕還只有散曲（相聲或曲藝或者是，但作品沒有流傳下來）。

如果我們不用現實主義、人民性等標尺去衡量散曲，去與不同體裁的文學作不必要的類比，使散曲在那些巨人面前形同侏儒的話，便會承認散曲是不愧「奇葩」、「絕唱」的稱號的。

原載《北京師範大學學報》1991 年增刊

散曲文體特性補說

　　1990 年北京元代文學討論會上我提交了一篇題為《元散曲的文體特性及其評價問題》的論文（見《北京師大學報 91 年增刊》），認為散曲作為一種文體有娛樂性、世俗性和諧謔性幾個特點，中心是希望讀者和研究者將散曲和傳統詩詞不同文體的社會功能和審美特性區別認識和對待，要揚其所長而勿苛責其短，也無須認短作長。結論是「如果我們不用現實主義、人民性等標尺去衡量散曲，去與不同體裁的文學作品作不必要的類比，使散曲在那些巨人面前形同侏儒的話，便會承認散曲是不愧『奇葩』、『絕唱』稱號的」。但幾年來讀到一些論文，覺得與我同調者仍然不多。前年，讀到王季思先生在首屆海峽兩岸散曲學術討論會上的發言，他對散曲的研究提出的三點意見，其中之一是：「散曲研究應該注意散曲本身的特點。」他說：

　　　　我們注意到，散曲本身的特點運用在演唱中，就顯示出比詩歌
　　更具優越性。在金元以來的演本裏，唱的主要是曲詞，詩詞都退居
　　次要的地位，只在說白裏偶然念念。但是散曲在詩壇上卻始終不能
　　與詩詞相比。散曲為什麼沒能像詩或詞那樣成為一代文學的主流，
　　這個問題是值得研究探討的。

王先生的話使我大受鼓舞，覺得自己得到了支持；同時他提出的問題也進一步啟發了我的思考，覺得散曲的文體特性及其在文化史上的地位確有再深入認識的必要。王先生所說，實際上道出了一個根本事實：散曲文學始終是通俗音樂文學。這樣我們就找到需要討論的問題癥結所在：何以通俗音樂文學不能成為文學的主流？由於我的基本觀點前文已經闡述，本文只想從兩個側面作些補充。

一、樂府文學的歷史回顧

「樂府」一詞的內涵在文學史上發生過不少衍變，但我認為它的基本指義是指在音樂上經過整理而規範化了的歌詞，這一點大體不變。所以廣義地說，從《詩經》到散曲都可以說是樂府文學。中國詩歌分幾個層次，樂府文學的底下是民間的「俚歌」，上邊是純文學的詩歌，它們性質相通，但又相互區別，它們都有音樂性和文學性，但其中音樂性與文學性並存並且發生尖銳矛盾的是樂府文學。本來音樂與文學是以不同材料、不同美學方式構成的兩類藝術，但它們具有共同的抒情功能，因而能一體共生，相互依憑。音樂借歌詞內容更明確，歌詞借音樂情感更鮮明。但不同性質的事物共為一個實體，就會有矛盾。就音樂而言，那就是曲調遷就語音聲調。音樂家繆天瑞說過：「中國古樂永遠不會和文學放手的。所謂『堂上歌員』，不論什麼大樂都有的。結果就發生流弊了。第一就是『四聲』的發達。音樂因受其支配，而不能儘量發揮它的盡善盡美處。第二就是人的音域有限……」（《中國古代音樂的流弊和現代音樂的流向》），本文不談音樂，只談文學。我們不妨從先秦的《詩經》說起。《詩經》作品結構的一大特色，就是重複。往往一篇數章之間只易數字。重複主要是出於音樂記憶的需要。因為音樂是時間藝術，過耳即逝，而審美要求一定的記憶為基礎。所以同樣的樂會反覆出現以加強音樂形象的連接，歌詞因而也形成重複。宋經學家鄭樵說：「風者出於土風，大概小夫、賤隸、婦人女子之言，其言淺近重複，故謂之風。」

近代學者顧頡剛則說：「《詩》三百篇之由來，或貴族以奏樂之需要而創製，或巷陌之民歌為樂師所採取，其以事創製者自有其一貫之義，而樂師採取於民間者，則必加工改造。加工之作，必有其拙筆。」他舉《鄭風·山有扶蘇》說：「『山有扶蘇，隰有荷花』，以興『不見子都，乃見狂且』。子都為鄭國有名之美男子，其辭出於《晏子》，甚自然也。惟以欲為疊章，乃云『山有喬松，隰有游龍』，湊此韻腳，出一『子充』以配之，則無其人矣。」他還舉了《鄘風·桑中》、《王風·丘中有麻》等例，說明這一情況的普遍。最後說：「是亦可疑為樂師之不善為詩，致存千載之疑案也。」（《徒詩與樂詩之轉化》）。王國維也說：「《風》、《雅》皆分章，且後章句法多疊前章。其所以相疊者，亦以相同之音間時而作，是以娛人耳也。」（《觀堂集林·說周頌》卷二）這些說法都說出了音樂文學中文學受到損害的情況。漢魏以後的樂府歌辭因音樂需要而被樂工修改的比比皆是。只要查一查《樂府詩集》中那些「魏、晉樂所

奏」的曲辭，與原辭作些比較就可以了。像曹操這樣的大文豪的作品也不能幸免。如《短歌行》中「何以解憂」改成「以何解愁」、「青青子衿，悠悠我心」下增「但為君故，沉吟至今」四句。「越陌度阡」四句及以下「月明星稀，烏鵲南飛。繞樹三匝，何枝可依」名句被刪，次序也有顛倒。《塘上行》一曲除有些地方增加重複句外，還增加一些雜言，破壞了本辭整齊的五言格式。唐代歌曲多唱絕句，遂有截取七律或五律之半入樂的做法。像王維的《從岐王過揚氏別業應教》本為五律，被截其前四句，稱《崑崙子》，其《觀獵》也是著名五律被截前四句，稱《戎渾》，這種置文學的完整性於不顧的做法並未受到當時文人的批評或抗議，可見在當時文人觀念中原為很正常的做法。這種情況在外國文學中同樣存在。據說歌德就不願讓舒伯特為自己的詩譜曲，因為那會使曲掩蓋了詩。而莫札特為博馬舍《費加羅的婚禮》作曲時，也曾要求劇作家改動原作的詞使之便於歌唱。

　　音樂對文學的影響不只在語言形制方面，且並不總是一種損害。唐詩與宋詩的區別大家談得夠多了，但形成這種不同的原因是什麼？我覺得重要的原因之一是唐詩與音樂還未截然分開。唐詩的娛樂功能還被文人自覺地承擔著。這就帶給唐詩重情采、重風韻、通俗自然及音韻瀏亮的美。而至宋，詞已成熟，擔負起娛樂的責任，所以宋詩進一步文人化，向案頭、向說理、生新、枯淡甚至怪僻方面發展。詞成為樂府文學的主體，專門表現香羅綺澤的生活和世俗的人情，成為所謂「豔」科。有人批評馮延巳詞只為「娛賓遣興」之用，其實這正是詞的本色，而非作家個人的過失。只要看歐陽修、晏殊等大政治家在詞中顯示的面貌與詩之不同就可以知道。但是他們的詞帶有濃重的文人氣。是柳永使詞走向市井。他的貢獻是雙向的：一方面是文人的文采提高了民間詞的藝術水平，一方面是內容與風格的平民化、世俗化。可以說是柳永建立了通俗音樂文學。蘇軾拓寬了詞的題材領域，提高了詞的思想境界，卻使詞的本性異化，即脫離音樂的娛樂功能而文學化、文人化，脫離通俗性而雅化的一種努力。宋代詞人成功地實現了詞的文學化與雅化，儘管有姜白石等努力保存它的音樂性，但音樂的娛樂性通向大眾化而歌詞的雅化與之背道而馳，所以姜夔、張炎等都未使詞的音樂生命延長。在曲又被文人納入樂府文學軌道之時，詞的部分轉化為曲，其整體的樂府功能徹底喪失了。

　　從上面的回顧中我們看出樂府文學內部始終存在音樂與文學的矛盾。文人文學主體意識的強化使詩和詞都脫離音樂而去。其次是雅與俗的矛盾，宋

以前陽春白雪與下里巴人矛盾並不突出，因為它們的文化背景沒有本質區別。宋代市民階層的出現和他們的文化要求與封建文化傳統大異其趣，使得「俗」成為一種時代風貌，成為一種社會文化現象。俗文學的存在及其社會地位不可逆轉。

現在就要談到散曲何以在娛樂圈始終佔據主導地位，而在文學上卻沒有進入上層而與詩詞並駕齊驅這個問題了。散曲文學的成就確難與詩詞爭衡，因為市民文化需求已成為廣泛存在的社會現實，市民對於通俗音樂的需要日益強化而不是消滅。文人個性和審美需求中世俗的一面也因散曲而得到實現。但他們在接受俗文化的同時，從未讓詩詞這種雅文學從生活中退出，他們讓詩詞來表現他們生活中那些嚴肅的主題和高雅的情趣，而讓曲來豐富他們的世俗生活和溝通他們與另一個社會階層的聯繫。所以讓曲與詩詞並行不悖。在這種情況下，部分文人讓曲詞雅化即進一步文人化的努力沒有成功，讓曲留在俗文化領域，沒有成為代表全民文化水準的雅文學。

二、當代流行歌曲的啟示

中國古代散曲產生在七、八百年前，它是中國民族詩歌──民間歌曲和文人格律詩傳統的繼承和發展。當代流行歌曲是近幾十年隨著洋風刮進中國大陸的，它能給散曲研究什麼啟示呢？我認為這種啟示是可能的，那就是作為文化形態，它們都是音樂文學，並有通俗文化的共同秉性。

說起來它們的社會地位與歷史命運就有幾分相似之處。金元以來的散曲曾風靡一時，但沒有取得與正統文學平等的地位。當代流行歌曲儘管統治了歌壇，幾乎把高雅音樂擠出聖殿，但是他們仍自歎是文學領域中的「弱小民族」。不僅如此，它們曾被稱為「靡靡之音」，甚至在一個時期內還被指責對年青人不良的道德品質和政治行為負有責任。然而不管人們如何說三道四，流行歌曲仍然在改革開放後的中國大陸橫衝直撞。某些紅歌星演出時旋風般的效應，青少年中「追星族」的狂熱不必說了，在國家級賽歌會上，他們已與美聲、民族唱法鼎足而三，一起領取獎盃。這說明它們已經牢牢站穩了腳跟。標誌它的地位的，恐怕主要還是一批真正優秀歌曲的出現。像《我的中國心》、《血染的風采》、《亞洲雄風》，它們的愛國情感、英雄主義使人忘記了它們也是通俗歌曲。《媽媽的吻》、《如今的我成了你》、《十五的月亮》、《小芳》、《縴夫之戀》等都是表現人類美好情感和健康的愛情的佳作。《我家住在黃土高坡》

的粗獷豪放，《濤聲依舊》的優雅含蓄，《新長征路上的搖滾》的理性思考色彩，《月亮船》柔美的純情，不同風格流派的出現是流行歌曲走向成熟的標誌。還有什麼「好人一生平安」、「跟著感覺走」、「瀟灑走一回」，甚至「妹妹你大膽的往前走」等等語言，也像古典詩詞中的警句一樣，走進了人們的日常生活。流行歌曲社會地位的改變原因是多方面的，其中歌詞質量的提高也是重要原因。好的流行歌曲歌詞受到歡迎，首先是它的題材內容貼近群眾，使他們有親切感。例如愛情、親情、友情、鄉情是人人都有的情感，對某種理想的追求、對美好事物的熱愛、失意後的感傷，也是人人都有過的心靈經歷。香港某歌星是百萬富翁，他的歌不唱自己的豪華別墅，而唱無房者的悲哀：「我想有個家。」使人感到無比親切。另外這些歌詞常常給人一種主題和辭義不確定的感覺：「我要從南走到北，我還要從白走到黑，我要人們都看到我，但不知道我是誰。」（《假行僧》）。朦朧有時是深刻，有時是真正的莫名其妙，但卻使許多人產生共鳴。二是它語言平易淺近，比起其他歌詞和詩歌，流行歌詞更追求語言的口語化。有些歌詞實際上含有深意甚至哲理，但語言的表層都是很淺近的百姓日常口語：「天上有個太陽，水中有個月亮。……下雪了天晴了，天晴別忘戴草帽，下雪別忘穿棉襖……。」（《雪城》片頭）「星星還是那個星星，月亮還是那個月亮」（《籬笆女人和狗》片頭）。唱它、聽它的人雖然未見得都懂得它的哲理，但能接受，都沒有隔膜之感。

另外好的流行歌曲命意和語言都生動新鮮。為了一下子抓住聽眾，它往往有意求新，常用悖理、反語、奇特、誇張以及幽默調侃等手法來引起聳動，像「我是一匹來自北方的狼」、「你走你的陽關道，我走我的獨木橋」、「我很醜，但我很溫柔」、「何不遊戲人間」之類。電視劇《海馬歌舞廳》思想是積極健康的，但它的片頭曲「何不遊戲人間」好像與它的思想並不一致，並且因此受到批評。其實這種手法在古典詩歌中就有的。在詩、詞中有「生新」、「尖新」的手法，但講究分寸適度，而散曲就不一樣了，它普遍、大量採用這類手法。例如「無是無非」、「莫剛直，休惹禍」、「鑽進安樂窩，閒快活」、「孔丘盜跖皆虛迴」等等語句，經常出現在散曲裏，它們在思想上代表了一種憤世情緒，語言上也是故作驚人之筆，這種反常規的審美心態實際上是一種反傳統精神，是不能理解為作者人生態度、價值觀念的直陳的。

但是流行歌曲歌詞的缺點是很明顯的，至今人們對它的批評還很多。筆者寫至此，恰恰在中央電視臺一個專訪節目裏聽到著名作曲家（《桂花開放幸

福來》作者）回答記者關於他對當今流行歌曲的看法的提問，他說了一句話，就是「歌詞的文學性不強」。這是一針見血的。在一些刊物上也不時見到一些批評，歸納起來約有以下方面：首先是題材狹窄、格調不高。有人說它「憶不完的故鄉，做不完的夢幻，哭不完的離愁，喊不盡的愛戀」。有人還對某幾個歌星的曲目作過統計，從臺、港到大陸，愛情題材平均占 70% 到 90%。而且就這些題材而言，也「命意不深，檔次不高」，缺乏思想性。其次是辭義含混，主題模糊。有些甚至令人不知所云。例如有一首被一位紅歌星唱得很響的歌曲，叫《等你一萬年》：「等你一萬年，蜜蜜又甜甜，太陽哥哥月亮妹妹，笑笑紅了臉，陪你去摘星，用心去探險……。」儘管一些詞語能給人一些新鮮感，但卻沒有明確的內涵。這種外觀華麗、譁眾取寵，情感虛假而內容空泛的作品很多。再次是缺乏新意，抄襲雷同的現象也很嚴重。一位有修養的歌星說：「現在的歌詞，詞人的藝術個性喪失得全國一個模子都倒得出來。」「除了白雲、藍天，就是鮮花、熱土」，有人甚至幽默地說：「乾脆來個『常用歌詞二百句』算了。」等而下之者還有東拉西湊，似是而非，甚至顛倒錯位、文理不通等，不一而足。

上面這些問題通過詞作者和理論家的努力是可以得到改善提高的，但是能不能完全克服呢？我以為是不可能的，原因在於流行音樂娛樂和大眾化的秉性，不可能從整體上使流行歌詞精純化。具體來說：

（一）參與者（唱與聽）的娛樂心理。流行音樂流行範圍是廣大城市中下層群眾。他們整天為自己的生存勞碌奔波，休閒時需要的是輕鬆愉快的娛樂，他們不是帶著社會使命感進入娛樂場的。從審美鑒賞的類型而言，流行音樂屬於淺層欣賞，欣賞過程往往停留在心理表層，缺乏深沉的情感體驗和人生思考，從某種意義上說甚至可以說帶有盲目性。

（二）音樂壓倒了文學。音樂的娛樂性本身就高於文學，而流行音樂更富於感官刺激性，特別靠強烈的節奏使參與者熱血沸騰。再加上當代科技成果如燈光色彩與伴奏的華麗包裝，演員使盡渾身解數的動作表演。娛樂性多方面加強，歌詞的地位便愈加淪落。

（三）參與者文化水平不齊，相當多的人文化不高，他們的思想和審美趣味與高雅的文化人有相當距離，但他們也要適應自己需要的娛樂和藝術享受。

（四）歌詞作者的從眾心理。既要廣大群眾愛聽愛唱，詞作者就不能過多地考慮自己的個性，從眾的心理是難免的。一個優秀的詞作者會將群眾的

需要和自己的藝術個性恰當結合起來，而有些詞作者卻是媚俗取容，迎合部分聽眾一些低級趣味，尤其某些歌星自己作詞，這種媚俗傾向就更嚴重。流行歌詞需求量大，詞作者隊伍的擴大也使詞作文學水平下降，他們粗製濫造以應不時之需，「玩深沉」而並沒有深刻的思想，反而使歌詞莫知所云。雷同與重複更是流行音樂的痼疾，中外皆然。西方有的音樂理論家是這樣說的：「當一首獨特的歌曲獲得巨大的成功後，成百上千的其他歌曲就爭著仿傚廣為傳播之。」（阿多諾《論流行音樂》）「他必須寫作某種足夠給人印象以便顯得平易的東西。」（同上）甚至說「流行音樂是靠慣常的陳腔濫調起作用的。」（邁耶爾《關於音樂中的價值和偉大的一些評論》）他們說的是音樂，同時包含歌詞。

上面所說流行歌曲的優秀表現和它的缺點是共存的。換言之，流行歌曲中可以出現非常優秀的作品，也一定會出現上面所說的那些缺點，出現許多質量粗劣的作品。

三、關於散曲觀念及研究方法的若干思考

上面兩個問題是涉及中國文學史、文化史甚至世界文化若干方面的重大題目，我這樣敘說未免太簡陋了，但我的目的只在對它們的粗略勾勒中突出某些與散曲相關或相似的現象，以啟發我們的思考。通過這些比較或聯繫，我認為我們的確應該打破慣常的審美思維序列，重建自己的審美心理結構，建立起一些關於散曲研究的新觀念和方法。當然，這些有待於研究者共同去發現和完善，我在這裡僅提出幾點拙見以拋磚引玉。

觀念方面，我以為：

（一）應該首先將散曲作為一種文化現象而不僅是文學進程中的一個階段或僅是一種新文體而已。文化是社會物質存在的一種精神表現，反映的是人，是全社會或某些範圍、某些層次的人的精神狀態或需求，它比單純的文學要複雜得多，僅僅文學家並不能決定或改變它的性質、面貌和成就的高低。它受制於整個社會，受制於擁有或享受這種文化的廣大人群，受制於一定時代文化等諸多方面。

（二）散曲是通俗音樂文學（與今天的通俗音樂概念並不完全一致，但有相似之處），屬於通俗文化。它沒有完全擺脫娛樂功能。散曲並不都是為歌唱而寫的，有相當多是案頭作品；但就整體而言，它還沒有脫離音樂，它是

歌詞，並且不是雅樂而是俗樂。散曲演唱適應的場所和對象是廣泛的，既可以是高堂華屋，也可以是青樓瓦肆；既有文人學士，也有販夫走卒。燕南芝庵《唱論》有關的一段對此敘述得十分清楚，因此散曲文學必然帶有通俗歌詞的許多特徵。最突出的我以為有兩點：

其一是「品位兼雅俗」。散曲不同於村坊小曲和里巷歌謠即所謂「俚歌」，它大都是文人的作品，其中有許多質量非常優秀，有很高的文學性，沒有深湛的文學素養是寫不出來的，但是它的審美追求與詩、詞等雅化了的文學是有不同的，其中最重要的便是追求「俗趣」。那些寫得過於含蓄典雅與詩詞無別的曲，不是上乘之作。好的散曲作品應該雅中帶俗或俗中見雅，這是一；其次是散曲不僅是通俗化的，還有不少從雅文學觀念看來是庸俗的作品，如在詩詞中為人所不齒，而在散曲中卻有其產生必然性和存在的合理性，如《詠禿》、《偷情為獲》之類，其中有許多幽默、諧趣，還有一些俳諧體近乎文字遊戲的作品，都含有智慧與巧思，並能給人以審美享受，都不應予以排斥。

其二是「質量容精粗」。散曲既然還留在娛樂圈，以音樂為第一需要的因素就還在影響其文學質量。換言之，散曲中還有一些從純文學觀念來看是質量不高的作品。例如題材，就有些常套，《唱論》中提到有「春景、夏景、秋景、冬景」，「棹歌」、「樵歌」之類，都是散曲常用題材，這類題目在《全元散曲》中隨處可見，它們一般都缺少新的創意。散曲語言因襲也很普遍。盧摯有名句「殘花醞釀蜂兒蜜，細雨調和燕子泥」，然而近似的句字在《全元散曲》中凡三見。如果將雜劇與散曲綜合起來看（元人散曲劇曲本沒有嚴格的界限），情形就更明顯，如散曲《崔張十六事》對《西廂記》就是一種改編，其中語言大量因襲。無名氏《村樂堂》雜劇第一折全搬散曲。這種現象在其他文體中是不可能出現的，原因就在於曲作者在這類問題上是較為隨意的，並非因為作家們才情缺乏，而在於他們寫曲時並不著意於文學追求，這種情況與當代流行歌曲頗為相似。

（三）散曲文學通俗性的前提是詩歌中詩詞正統地位的維持。散曲文學中同樣存在文人將散曲雅化和純文學化的努力。但他們並沒有完成這個過程。儘管曲在元已成為時尚，詩詞的成就則不能與唐宋相比，但是詩詞在文壇上的主流和正統的地位並未動搖，它仍然是文人抒情言志的主要手段，反映社會現實、表達憂國憂民或是為當今歌功頌德等，都仍然主要是詩詞特別是詩的使命。我們不能說散曲不是抒情言志，而是說它們的內容各有側重，手段

各不相同，或者可以說已經形成了一種大體的分工。同一個文人寫詩寫戲曲和寫散曲可以寫出風貌各殊、思想似乎相悖的作品。在前文中我已舉過元好問、關漢卿、張養浩的例子說明，這裡不再重複。對於當時的作家來講這是不言而喻的，儘管還沒有理論上自覺，但作品的面貌說明了一切。溫柔敦厚怨而不怒的詩教與散曲是風馬牛不相及的事，反傳統、反故常的思維與語言表達方式和駭世驚俗之語時時可見。「無是無非閒快活」、「孔丘盜跖皆虛迥」，「白什麼改了姓更了名喚作漢高祖」這種近於狂悖的語句在詩詞中出現是不可想像的。而它們與慣熟的題材、因襲的語言等現象並存在散曲中。這與當代流行歌曲的情形也十分相似。

散曲正是以其迥異於傳統詩歌的面貌顯示出它特殊的價值。但是反過來說，以散曲來刻畫中華民族的偉大的民族性格，顯示其豐厚的文化蘊積和鼓吹時代精神，特別是深入表現一代知識分子的精神面貌，它的能量是不夠的。這一神聖的職責仍然要靠風格典雅莊重、藝術手段全面豐富的傳統詩歌來承擔。雖然我們認為元詩成就不高，但那並不能說明它的價值是散曲可以取代的。何況那成就的高低還是與唐、宋這樣的高峰相對而言呢。

關於戲劇小說情形頗為不同，因為它們並不存在一個與悠久的詩歌歷史相當的傳統，所以出身於通俗文學的雜劇戲文，後來產生出自身的雅與俗的分化另當別論，只要有關散曲的觀念問題解決了，研究方法便不難解決。這裡我只簡略談幾點想法：

（一）對散曲應以宏觀研究、整體觀照為先，微觀剖析字斟句酌的方法為次。這話的意思不是說不能進行作家作品的專項研究，而是說這種研究應建立在對散曲文體特性認識的基礎上，沒有對散曲特性的把握作為前提，作家作品的個別研究便容易發生誤差。例如關漢卿的散曲和雜劇的面貌是很不相同的，決定這種不同的是兩種文體的不同功能和風貌。不應該用同一種審美思維方式給予評價，否則會曲解作家作品，或使自己陷入自相矛盾之中。我們在文學研究中常用的知人論世的方法，不以對散曲文體特性的認識為前提也是會導致錯誤結論的。

（二）在對散曲作宏觀觀照時，對那些以雅文學觀點看是不夠雅致和精細的作品不應予以簡單否定和排斥，否則會導致對散曲認識的片面性和錯覺，同時也不須以雅文學的標準曲為解說以粉飾其本來面目。

（三）對散曲區別於詩詞的許多藝術手法多作研究，如誇張、幽默、通

俗、酣暢及敘事性的加強等,多作研究,從與詩詞等文體的比較中找出異同,這方面任中敏先生已給我們做了許多先導的工作,我們應在前輩的基礎上做出新的開拓。

原載《中國古典詩歌的晚暉──散曲》,天津古籍出版社,1994 年

曲作標點與文體意識

　　當代散曲創作出現了一派繁榮景象。多數作品力求表達當代人的思想情感，同時在音律方面、文學風格方面，都在努力學習繼承傳統，很令人鼓舞。

　　但是有一種現象讓我有些困惑：多年來人們在強調遵守曲律，按譜作曲的同時，並不突出「韻位」。表現在標點符號的使用上。

　　這不是個別現象，也並非自今日始，它首先表現在當代人對古代曲作整理出版的某些書籍中。

　　下面我先舉幾個例證。例證取自一個《太和正音譜》的整理本——中國戲劇出版社 1959 年整理彙編的「《中國古典戲曲理論集成》二」所收《太和正音譜》（以下簡稱「集成本」）。明朱權著《太和正音譜》是我國最早的曲譜集，「集成本」《太和正音譜》又曾經是當代最有影響的整理本。它的三百三十五章由曲作製成的曲譜，就是採用的現代標點。

　　我們先舉其中二曲（韻字加黑），請注意標點符號的位置：

　　　　〔黃鍾醉花陰〕無始之先道何**祖**，太極初分上**古**。兩儀判混元
舒，四象方**居**，一氣為天地**母**。（丹丘先生散套）

　　　　〔黃鍾者剌古〕揀山林深處**居**，蓋草舍茅**廬**，引岩泉入圃**渠**，
澆野菜山**蔬**。窮生涯自**足**，遠是非榮**辱**，鑿石栽松，鋤雲種**竹**，無
所拘樂自**如**。（楊景輝小令）

可以看出：曲文中的句號並不都標在韻位上。〔醉花陰〕是每句用韻的，但「集成本」在韻字「祖」、「舒」、「居」後都用了逗號。〔者剌古〕只有一句「鑿石栽松」不韻。可是「集成本」只在「蔬」和曲尾「如」兩處用了句號，其他五句韻位都標了逗號。說明「集成本」的整理者，是按自己對曲文句意的理解進行標點的。其標點沒有將「韻」與句聯繫起來。韻，是中華幾千年詩歌文體構成

的第一要素。從《詩經》、樂府到唐詩宋詞莫不如此。尤其是晚出的曲，不僅有韻，而且有一個特點：韻密。大量曲牌只有少數不韻句，還有不少是每句韻。而這正是形成曲與詞風格不同——詞含蓄蘊籍，曲鋪張酣暢的重要手法。

現在再看「集成本」中另一例：

〔仙呂村裏迓古〕正值著麗人天氣，禁煙時**候**，花紅柳綠。舍南舍北，莊前莊**後**，更有拜掃男，歸寧女。遊春**叟**，攜美醞，步綠苔，穿紅杏，握翠**柳**，直吃得驢背上醺醺帶**酒**。（無名氏散套）

這支曲如果依韻斷句，就會發現：其中有這樣的三組句式：

花紅柳綠、舍南舍北、莊前莊後。

拜掃男、歸寧女、遊春叟。

攜美醞、步綠苔、穿紅杏、握翠柳。

這是三組排比句。它形成曲文體鋪張酣暢特點又一手法，這種手法是曲在美學方面的又一特色。「集成本」不用句號突出韻位，這一特色就被忽略，帶給讀者酣暢淋漓的美感也就被削弱了。

對韻文中的「韻」，在古代作者的意識中是非常強烈的。明代程明善《嘯餘譜》（曲譜）每個韻位都標出「韻」、「叶」。當代的一些前輩學者在整理古代曲作時早已注意了這個問題。隋樹森先生上世紀 60 年代編輯的《全元散曲》（中華書局）只用圈號斷句，不用逗號和其他標點，讓讀者自己辨別韻位，避免了依文義標點的干擾。謝伯陽先生在編輯《全清散曲》（齊魯書社 1985）時，隨潮流用了新式標點，發現了問題。數年後編輯《全明散曲》（齊魯書社 1985），就退回到只用圈號斷句了。他在《全明散曲》的凡例中說：「斷句原則，文義、格律兩俱可通者，從曲律；按曲律不通者，從文義。」將曲律放在了首位。

從西方引進的標點符號系統在當代中國人學習繼承古代文化遺產方面，特別是在我國現當代散文（廣義）標點方面功不可沒，但用於我國傳統的韻文，是並不完善的。因為這個標點系統是建立在邏輯思維基礎上的，它把表達文義放在首位，而不同讀者對文義是可以有不同理解的。韻文的文體屬於形式，格律詩詞有「格」，文體；「律」，音律（初屬音樂範疇）。「曲」的文體，有曲譜規定。曲作者按規定填寫，讀者接受時，也要用這樣的思維方式去接受。詩詞曲作者寫作品時，文義思維在先，但寫作時是格律在先的。所以它們並非不可克服的矛盾。我們的作者要用這種標點，也並非不可。具體做法

上，在韻位上加上句號，就基本解決了。但文體意識不可或缺。這種文體意識並不僅僅表現在「韻」上。多年以前兩位曲學大家蘭州大學寧希元教授和浙江藝術研究所研究員洛地先生都指出：許多現當代文本將馬致遠《天淨沙‧秋思》中「斷腸人在天涯」標點成「斷腸人，在天涯」。這就是讀者不懂句中的「步」這一格律形式造成的錯誤，因為句子的文體結構它應該是「斷腸、人在、天涯」（平—去—平）。總之，只是用文義的邏輯思維對待曲作，就會造成種種誤解。

我希望這個問題能夠及早引起當代的曲作者、讀者，研究者的注意。

下面我再把上面的三首曲另一種標點本（《太和正音譜箋評》中華書局2010年）錄在下面供參考：

〔黃鍾醉花陰〕無始之先道何**祖**。太極初分上**古**。兩儀判混元**舒**。四象方**居**。一氣為天地**母**。（丹丘先生散套）

〔黃鍾者刺古〕揀山林深處**居**。蓋草舍茅**廬**。引岩泉入圃渠。澆野菜山**蔬**。窮生涯自**足**。遠是非榮**辱**。鑿石栽松，鋤雲種**竹**。無所拘樂自**如**。（楊景輝小令）

〔仙呂村裏迓古〕正值著麗人天氣，禁煙時**候**。花紅柳綠，舍南舍**北**，莊前莊**後**。更有拜掃男，歸寧女，遊春**叟**。攜美醞，步綠苔，穿紅杏，握翠**柳**。直吃得驢背上醺醺帶**酒**。（無名氏散套）

請大家朗讀或吟唱一遍，體會一下韻律帶來的美感。

原載《中國當代散曲》2018年總14期

附：《中國當代散曲》2018 總 15 期卷首語（節錄）

第14期我們發表了江西師大姚品文教授專為本刊撰寫的文章《曲作標點與文體意識》，並試用在刊用的北曲中。依曲譜應押韻句用句號，不押韻句用逗號，可韻可不韻句不押韻句用逗號，押韻的用句號。這樣我們覺得除了姚教授所說的優點外，還有一點，就是方便曲友讀曲時，瞭解所讀之曲是否合乎韻律。用逗號的，是曲譜規定不押韻的。用逗號而押韻的是贅韻，用句號的是曲譜規定要押韻的。用句號而不押韻的是失韻。試行之後有的曲友發來信息表示贊同，說他們的作品本來就是這樣做的，希望堅持。也有個別說，還是用現代的，有作者隨意用標點的好。我們想聽聽曲友特別是專家的意見。

再說文體意識——對《全明詩話》收朱權《西江詩法》整理本質疑

　　二〇〇五年齊魯書社周維德集校《全明詩話》，這是經過今人整理過的一個版本。其中收有朱權《西江詩法》。此《詩法》第二十五條為「作樂府法」。下面將這個版本（簡稱「整理本」）中的一節文字按原格式（文字、斷句、標點等）照錄：

　　　　嘗謂詩不足以盡其意，變而為詞，名曰詩餘。詞不足以盡其意，變而為曲，名曰樂府。大概法度與詩法同，觀賦體則知作套數之法矣，觀歌行則知作小令之法矣。今取其新樂府四章為作樂府模範。要知得氣概如此，方是法度。

　　　　〔夜月瑤琴〕即〔撥不斷〕：撚霜髭，寫烏絲。先生要了閒中事。醉吟成數首詩，興來掃破千張紙。與誰同志。指飛鴻，望歸鴻。　　十年不做京華夢。半世趑趄命未通，一詩可繼《中興頌》。任人嘲弄。

　　　　〔滿庭芳〕：乾坤草廬，些兒名利，如許頭顱。為其□□有一種，誤。謙得讀書。　　龍泉劍，結末了子胥犢鼻，□□□□。□□□，不如老圃，醉後賦閒居。　　狂歌楚辭，閒臨晉帖，靜和陶詩。平生但好這三般事。荒廢多時。　　熬日月，一張故紙染秋霜，兩鬢新絲。林泉志，蹉跎到此，猶未有買山貲。

這段文字中的「〔滿庭芳〕乾坤草廬」有闕文，不予論說。對其餘文字，我提出下面幾點質疑：

　　一、全文開頭明明說「今取其新樂府四章為作樂府模範」，按本書所列，只有三首。不知整理者為何不察其緣由。看起來是像個「疏忽大意」的低級錯誤，實際可能與文體認知不清晰有關。見下：

　　二、這裡所列三首都分為上下闋，當然是認定其為詞了。可是這條文字的標題明明是「作樂府法」。什麼是樂府？詞的確也普經被稱作「樂府」，但在本條開頭就說了「詞不足以盡其意，變而為曲，名曰樂府」，而且說明了是「新樂府」。再明白不過：這三首作品不是詞，而是「曲」。曲是不分上下闋的，這應該是常識。

　　三、〔夜月瑤琴〕、〔撥不斷〕在詞調名中是沒有的。它只存在曲調中。

　　四、整理者把〔夜月瑤琴〕即〔撥不斷〕當作了雙調的詞，並且上下闋不同韻。前面用「支思」韻，下文用「東鍾」韻。可是卻又將「指飛鴻，望歸驄」斷在上闋末。也是不應該的吧？一闋兩韻？上闋八句，下闋四句，也不成體統吧？

　　五、〔滿庭芳〕「狂歌楚辭」中，有一處整理本標點作這樣處理：「熬日月，一張故紙染秋霜，兩鬢新絲。」不僅句意不通。而且句中的對偶「熬日月一張故紙。染秋霜兩鬢新絲」都沒有看出來。也與缺乏曲體的意識有關。這麼短的一段文字，出現這麼多的問題，用「粗心大意」來解說（儘管這也不應該），恐怕是說不過去的。

　　朱權是曲學大家，是曲譜《太和正音譜》的編制者，難道是朱權的錯誤？我無緣見《西江詩法》原本，也不知是否其他底本的問題。無論如何，出現在當代都是不應該的。

　　不難判斷，作者所說的「四章」是四首散曲小令。〔夜月瑤琴〕二首：「撚霜髭」一首，「指飛鴻」一首。〔滿庭芳〕二首：「乾坤草廬」一首，「狂歌楚辭」一首。現臆斷如下：

　　　〔夜月瑤琴〕（即〔撥不斷〕）

　　　　一

　　　撚霜髭。寫烏絲。先生要了閒中事。醉吟成數首詩。興來掃破千張紙。與誰同志。

　　　　二

　　　指飛鴻。望歸驄。十年不做京華夢。半世趄趑命未通。一詩可繼中興頌。任人嘲弄。

〔滿庭芳〕

一

乾坤草廬。些兒名利，如許頭顱。為其中自有千鐘祿。誤嫌得讀書。龍泉劍結末了子胥。犢鼻褌蹭蹬殺相如。瓜田暮。不如老圃。醉後賦閒居〔註1〕。

二

狂歌楚辭。閒臨晉帖，靜和陶詩。平生但好這三般事。荒廢多時。熬日月一張故紙。染秋霜兩鬢新絲。林泉志。蹉跎到此。猶未有買山貲。

原載《中國當代散曲》2021 年第 1 期

〔註 1〕闕文誤字據《四部叢刊》景元刻本《梨園按試樂府新聲》卷中補改。

李漁「立主腦」論辨析

　　「立主腦」是李漁戲曲創作論《閒情偶寄・詞曲部》「結構第一」下屬第二款。由於第一款「戒諷刺」是談端正寫作動機的，所以「立主腦」實是論述具體寫作過程的第一部分。從李漁立論的邏輯看，它既是寫作程序的第一個步驟，又意味著它在這一理論體系中佔據首要地位。歷來研究古典戲曲理論的學者對此也很重視，紛紛加以評介和引述，並給予很高的評價。

　　但是我們發現過去人們對李漁的這一款理解是很不一致的，甚至可以說相當混亂。這與原著本身或不無關係。由於戲曲在當時的社會地位不高，李漁將自己關於戲曲藝術的卓越理論只作為「閒情」之所「寄」，與「聲容」、「頤養」之類等列，以日用雜著的面目出現；同時他還表明自己的寫作目的是「金針度人」，即以傳授方法為主，更重實用性，所以在概念、推理過程以及行文體例等方面，確有講求不嚴之處。但從總體看，它是不愧為我國古代戲曲理論史上最具科學性和理論規模的著作的。在體系的完整，內容的充實和論證的嚴密等方面，基本上是經得起推敲的。即以本款而言，許多理解上的模糊和歧異，究其原因還是在後世的讀者方面。以後人觀前人，常如隔簾觀花，往往將當代的一些觀念投影於古人之身，即如考察李漁「立主腦」一說，就怎樣也撇不開「主題」這個觀念。我們有時甚至是用李漁在「密針線」一款中所談的編戲的方式，將古人著作「剪碎」，然後再按照眼前的流行款式，補綴拼接成「時裝」，再套在古人身上，結果難免捉襟見肘。

　　「立主腦」命意究竟何在，筆者力圖廓清其產生的歷史背景，對原文再作些認真而審慎的疏解，排除「強作解人」的心理干擾，希望能得到一個切近作者原意的解答。

一

　　在談「立主腦」之前，先要對「結構第一」這一部分作個總體的認識。在「結構第一」的總論中，前面一大段實際是全文的序言，論述戲曲創作的重要地位和他寫作《詞曲部》的目的，以下方論及結構問題（李漁所謂「結構」，今人無寧用「構思」一詞來理解為較妥）。對李漁來說，「第一」不只是個排列順序而已。他說，「結構二字，則在引商刻羽之先，拈韻抽毫之始」〔註1〕，「袖手於前，方能疾書於後」，論述了落筆之前先進行謀篇布局的重要性。許多論者對此讚賞備至，以此為李漁結構論的精髓所在。不錯，這些論述是精彩的，但如果李漁的理論精華止於此，人們給予的讚許不是顯得過於誇張了嗎？因為從實踐上說，構思於前，是一切文體寫作的一般規律。古今作家，純屬率意揮灑、意隨筆行的寫作，恐怕是很少的，尤其是長篇。從理論上，西晉陸機就曾描述過文學創作的構思過程：「其始也，皆收視反聽，耽思傍訊，精騖八極，心遊萬仞」，「然後選義按部，考辭就班」〔註2〕。蘇軾「畫竹必先得成竹於胸中」的名言，也早已被廣泛接受和運用。所以即使當時傳奇寫作中存在著某種程度的構思不精，以致作品規模欠佳的毛病，李漁所論有一定匡救「時弊」的作用，在理論發展上卻算不上什麼驚人的建樹。

　　竊以為李漁「結構第一」論的首要貢獻不在於此，而在於他對戲劇情節的慧眼獨具，在於他把情節提到了戲劇創作的率先位置上。在西方戲劇理論中，這是早已解決了的問題。亞里士多德論戲劇六大要素時，即將情節列於首位。他說：「六個成分裏，最重要的是情節，即事件的安排。因為悲劇所摹仿的不是人，而是人的行動、生活、幸福。」〔註3〕自傳奇體制形成，我國已經具備了真正戲劇意義上的戲曲藝術（詳見下文），但落後於創作和演出實踐的理論研究，至明中葉仍只認為南北曲是一種音樂和詩歌的結合。所以他們的理論興趣仍只在音律和詞采，至多及於曲體發展、風格流派等。至明末，風氣漸變，但即使是王驥德《曲律》這樣氣魄宏大體系完整的著作，也未建立在真正意義的戲劇觀念基礎上。其他如呂天成、祁彪佳等的《曲品》，雖有對每部作品故事情節的評述，然不僅支離零碎，缺少理論色彩，而且以「神

〔註1〕李漁《閒情偶寄・詞曲部》，見中國戲曲研究院編《中國古典戲曲論著集成》第7冊，中國戲劇出版社1959年版。以下所引《閒情偶寄》原文均出於此。

〔註2〕陸機《文賦》，見郭紹虞《中國歷代文論選》第一冊，上海古籍出版社2001年版，第170～171頁。

〔註3〕羅念生譯，亞里士多德《詩學》，人民文學出版社1984年版，第30頁。

品」、「妙品」、「能品」、「具品」等分門別類，說明他們對於情節在戲劇中的重要性仍缺乏必要的認識。只有李漁，才認真而切實地將情節這一關乎戲劇本質的因素，置於戲劇研究的中心，並提出了一系列精闢的見解，從而使中國戲曲理論發生了一次昇華。它與西方提出的「戲劇是一個有一定長度的行動的摹仿」這一經典性命題不謀而合，又確是我國民族戲劇發展的產物。在這基礎上建立的李漁理論體系，是堪稱中國戲劇理論的奠基之作的。當然，由於李漁還缺乏足夠的理論自覺與論辯意識，所以對「情節」的概念論之不多，但只要對他的論著認真辨析，就可以發現，「情節第一」的觀念是貫串於他全部論述之中的。其有關結構的論述，精義也正在於此。

首先看他關於結構的總論。李漁在這裡雖重點談的是結構的必要性，針對的卻是戲劇情節。他有一句往往為論家所忽略的話：「有奇事，方能有奇文。」所謂「奇事」，無疑是指作品的（新奇的）情節。這在「立主腦」、「脫窠臼」等款中都有明確的表述，此不贅。再從「結構第一」的主體部分看，就更清楚。人們往往從諸如「立主腦」、「減頭緒」、「密針線」等款中引述個別詞句，認定這些都是談結構如何完滿、嚴整、緊湊等的，果然如此，那「審虛實」、「脫窠臼」、「戒荒唐」等豈不是與「結構」這個論題相去甚遠甚至互不相干嗎？那李漁的這部論著充其量不過是「東雲露一鱗、西雲露一爪」，而談不上什麼嚴密的體系了。其實只要仔細審察「結構第一」下屬各款：「戒諷刺」雖然主要談創作動機，但有無諷刺當也是從故事情節中表現出來的。至「立主腦」以下各款，則無不直接出於「情節」命題：「立主腦」謂要有中心人物和樞紐情節，即所謂「一人一事」（以下將重點論述這一點）；「脫窠臼」謂要避免情節公式化；「密針線」指情節要前後照應，勿使有漏洞；「減頭緒」說情節線索宜單純，勿蕪雜枝蔓；「戒荒唐」談要注意故事情節的真實性；「審虛實」談情節的虛構問題。總之，「結構第一」是以戲劇情節為內容取向構成的一個理論系統，筆者以下有關「立主腦」的辨析，便建立在這一總體把握的基礎上。

二

按「立主腦」一節文字不多，論點也很集中。大致是，開頭論什麼是主腦，指出戲劇作品的主腦即「一人一事」；其次，以《琵琶》、《西廂》為例，說明它們的「一人一事」是什麼；最後從反面指出後人作傳奇，不能按「一人一事」的方法處理戲劇情節之弊。

　　什麼是李漁所謂的「主腦」呢？這是至關重要的問題，也正是爭論的癥結所在。看來對原文再作些分辨是必要的。李漁說：「古人作文一篇，定有一篇之主腦，主腦非他，即作者立言之本意也。傳奇亦然。一本戲中，有無數人名，究竟俱屬陪賓；原其初心，止為一人而設。即此一人之身，自始至終，離、合、悲、歡，中具無限情由，無窮關目，究竟俱屬衍文；原其初心，又止為一事而設。此一人一事，即作傳奇之主腦也。」這裡李漁一則曰：「主腦非他，即作者立言之本意也。」這「主腦」自然近乎今日所謂「中心思想」或「主題」。可是他又說：「此一人一事，即作傳奇之主腦也。」這「一人一事」明明又是關乎人物和事件即情節的，與主題或中心思想不能等同。難道李漁竟粗疏不經、概念含混若此嗎？研究者力圖圓滿解說這一現象，例如《中國歷代文論選》關於《閒情偶寄》的說明說：「立主腦強調主題思想的重要和主要人物事件的突出。」〔註4〕《中國文學史》也說：「他（李漁）提出了『立主腦』問題，這就是現在所說的主題，……從而他又提出，一本戲要有一主腦人物，一主腦事件，以中心線索為戲劇矛盾的基礎。」〔註5〕這兩種都是權威的教科書，具有廣泛影響。其他一些論述，也大致不離此類提法，實質均謂李漁之「主腦」兼有「主題」和「一人一事」兩義，至於這兩義是否有矛盾則概不涉及，等於置李漁於自相矛盾之中。另一些論者指出兩義存在區別，也否認二者是矛盾的，但仍持「主題說」。如肖榮在《李漁評傳》中說：「顯然，李漁所說的立主腦和一般文章的主題思想並不是一回事。」但他接著又說：「『作者立言之本意』在戲劇創作中是和主要人物、主要事件伴隨在一起的。離開了主要人物和主要事件，主題思想就會成為一種抽象的概念。李漁這個認識是符合形象思維規律的。」〔註6〕這種解說自然圓通，也正符合我們現在歸納主題的「通過……表現了……」的公式，卻未必符合古人的思維習慣，在李漁的原文裡也找不到足夠的依據。只有趙景深先生是否定了「主題說」的。他說：「李漁說，主腦非他，即作者立言之本意也。這兩句話很不妥當，容易使人誤會他所談的是主題思想。其實他指的是最重要的關目，或戲劇情節，也就是聯絡全劇人物的樞紐。」〔註7〕這一見解是獨到的。他關於「事」的解

〔註4〕郭紹虞《中國歷代文論選》第三冊，上海古籍出版社2001年版，第287頁。
〔註5〕游國恩等《中國文學史》第4冊，人民文學出版社1964年版，第1039頁。
〔註6〕肖榮《李漁評傳》，浙江文藝出版社1985年版，第134頁。
〔註7〕趙景深《曲論初探》，上海文藝出版社1980年版，第50頁。

說，最近作者原意，以下再談。只是他說「這兩句話很不妥當」，並未作進一步分析，對李漁的原意，便尚未貫通。我以為李漁「主腦」所指確非「主題」、「中心思想」，而其行文也是一以貫之，並非不妥當的，以下試作辨解。

李漁關於「立主腦」一段原文雖不過是幾句淺近的話，但要準確理解，還要做點章句工夫。我們現在讀《閒情偶寄》，大多用《中國古典戲曲論著集成》所收的本子，現在就以此本為根據進行討論。此本在「古人作文一篇，定有一篇之主腦」以下畫句號，我看不妥。如能改成逗號，或對理解斯文不無小助，因為這幾句是一個完整的意思，關聯至密。「主腦非他」中之「主腦」是直承上句「作文一篇，定有一篇之主腦」而言，決非泛指一切文體一切作品之主腦。關鍵在這個「文」字，這個「文」僅指「文章」而言，略同於今之「散文」的概念，明清時則包括古文和時文。當然學術性著作亦包含在內，但並不包括詩歌和戲曲之類。「立言」在古代指發表議論、創立學說的行為，常與「立功」、「立德」並列，是很嚴正的事，詞曲小道，是難稱「立言」的。所以本文「立言之本意」相當於今所謂論說文的中心思想（習慣上文學作品方稱「主題」）。這句文意，是不能引申到下文以至全篇的。下句「傳奇亦然」之「然」何所指？是說傳奇也要以「立言之本意」為主腦嗎？非也。它只與上文的前句相關，說傳奇也應如作文一樣，應有一篇之主腦（在修辭上，「傳奇」、「作文」顯係對舉），傳奇之主腦，是什麼呢？答曰：「一人一事。」正如文章之主腦，是「立言之本意」，二者也是對等，而非包容關係。作者於本款內討論的是後者，即「一人一事」，至於前者（「作文」），只不過是發端，連類取譬而已。他並無意於在這裡討論我們最熱衷的「主題」問題，所以有點語焉不詳，但只要略加疏通，便可順理成章，無須多所聯想和發揮的。

三

李漁以「一人一事」為戲曲作品的主腦，對此，一些論著大都如此解說：「一人」，指全劇只有一個中心人物；「一事」，指全劇只有一條中心線索。李漁倡「一人一事」是使戲劇情節集中，結構緊湊，所以「立主腦」和「減頭緒」是一回事，或說是「一個問題的兩個側面」。因為戲曲劇作應該抓住「一人一事」以突出主要矛盾來表現劇作「立言之本意」，就必須「減頭緒」，頭緒不減，「旁見側出之情」太多，戲劇衝突也就不能「一線到底」，自然也就不可能做到立主腦云云。這樣的解說似乎無懈可擊，它甚至與西方古典劇論關於

「戲劇的整一性」要求相合。至於今天有所謂「多中心」、「無中心」甚至沒有貫串情節和主人公的戲劇，則是新觀念的產物，當別論。

可是當我們這些李漁的解釋者自圓其說的時候，李漁又被陷入自相矛盾、令人惶惑的境地。如果「立主腦」和「減頭緒」是一回事，他為何要立作兩款呢？這本身就不符合「減頭緒」的原則。他又說「一部《琵琶》，只為蔡伯喈一人」，「一部《西廂》，只為張君瑞一人」，那趙五娘和崔鶯鶯何以不是主人公或並列的主人公呢？他還進一步說：「蔡伯喈一人，又止為『重婚牛府』一事，張君瑞一人，又止為『白馬解圍』一事。」這就更費解了。說重婚牛府是《琵琶記》的中心線索，說白馬解圍是《西廂記》的貫串情節，凡讀過這兩本書，懂點文學基本常識的人，大約都不會認同的吧？何以會以為大戲劇家、理論家李漁所持正是這種似是而非的觀點呢？

我以為要理解李漁的想法，有兩個方面是不能忽視的，那就是李漁時代的劇壇狀況和他寫作此書的目的。明末清初，雜劇已經衰落，花部還未盛起，只有傳奇已經成熟並幾乎獨霸劇壇，處於全盛時期。李漁寫此書，目的不在藏諸名山或傳之後世，而是為了「金針度人」，即指導當時的傳奇創作。所以他的全部理論都不是從一般的戲劇原理出發，而是針對當時的傳奇創作而言。因為是寫給同時代的人看，故於當時盡人皆知不言而喻的事往往從略，從而使景況已大不同前的後世人易生誤解。因此要更加重視研究當時的實際。於李漁「一人一事」的理論，便不能單從「戲劇情節要集中」這個一般原理去附會，還要認真研究傳奇特點和當時創作中存在的問題。

略早於李漁的明戲曲理論家呂天成在論及傳奇與雜劇的區別時，曾說到其中之一是：「雜劇但摭一事始末，其境促；傳奇多述一人始終，其味長。」〔註8〕其所謂「摭一事始末」和「述一人始終」，至今仍是結構戲劇衝突的兩種基本方式。在我國戲曲史上，它並成為兩種不同戲劇體制，即雜劇與傳奇的重要區別，或者也可以說，這種區別正是不同的體制形成的。雜劇篇幅短小，容量有限，故只能寫一個事件，圍繞這個事件，展開人物之間的性格衝突，大致形成開端、發展、高潮、結尾的過程。它雖一人主唱，卻並未成為「為一人而作」的格局，主唱者與主人公常不一致。《竇娥冤》中正旦竇娥主唱，與主人公是一致的；《關雲長千里獨行》主人公是關羽，卻由正旦甘夫人

〔註8〕中國戲曲研究院編《中國古典戲曲論著集成》第6冊，中國戲劇出版社1959年版，第207頁。

主唱；《趙氏孤兒》中正末先後主唱程嬰、公孫杵臼和孤兒三個人物，很難說清誰是主人公。這些皆非特例，而是雜劇的正常現象，因為雜劇是以「曲」為主體。

傳奇則不同，它是以故事情節為主的敘事文學發展而來的。它的篇幅不受限制，也沒有雜劇那許多音樂上的束縛（並非沒有束縛），它就可以以人物的命運為中心，大量鋪敘事件，從而形成以情節為主體的戲曲體制。又由於它起自南方民間，題材以南方人民愛好的愛情婚姻故事數量為多，逐漸又形成了「生旦排場」的固定模式。最重要的是演出中「腳色制」的形成和完善，使生、旦、末、淨、丑五大家門為主的腳色體系，成了傳奇這種戲曲藝術的存在方式〔註9〕。這種舞臺演出體制，影響和造就了一代戲曲文學。傳奇劇本的情節套路、結構方式、人物性格、藝術風格等，莫不與腳色制有關而自成格局，形成了與雜劇不同的面貌。李漁在《閒情偶寄·詞曲部》「格局第六」中說：「傳奇格局，有一定不可移者。」其實不僅家門、沖場、出腳色、大小收煞而已，李漁「立主腦」中所說「一人一事」離開了傳奇體制也得不到合理的解釋。李漁說：「後人但知為一人而作，不知為一事而作。」因為「為一人而作」是傳奇體制已經解決了的問題，而「不知為一事而作」卻正是因傳奇體制未加限制產生的弊病。

下面我們先討論一下「為一人而作」的問題。傳奇腳色制，生、旦、末、淨、丑不可或缺，且以生、旦為首。生、旦都是正面人物，為戀人或夫婦關係。生、旦二者又以生為首，在格局上的一個重要表現便是以生開場。李漁在本書「格局第六」中說：「開場用末沖場，用生開場，……此一定不可移者。」又在「沖場」一款中說：「開場第二折，謂之沖場。沖場者，人未上我先上也。」這裡「開場」、「沖場」用得有點混亂，其實說的就是「家門」之後的第一齣，正生先上，這是絕無例外的。正旦在下一齣或後幾齣方出場，以後各有自己的場次，雙線平行，淨丑撥亂其間，形成矛盾衝突，副末提攜調協，最後團圓。這種結構方式，即洛地先生所稱「主、合、離」者。從情理而言，政治戲和婚戀以外其他題材的戲，當時都以男性活動為主，以生為主人公，理所當然。然而在婚戀戲中以男女雙方在情節中的地位而言，至少應該是平等的，主人公應該是兩個，然而卻仍被目為以生為首。特別是像《牡丹亭》這樣的

〔註9〕「腳色制」的提法來自洛地先生，他對此有精闢的論述，詳見浙江省藝術研究所編《藝術研究》第8輯《腳色制》一文。

戲，在湯顯祖心目中，第一主人公無疑是杜麗娘。她未見柳夢梅之前，在夢中就見到了臆想中的情人，而不是見到真實的柳夢梅產生了愛情。可是湯顯祖仍安排柳夢梅在第二齣，即《標目》之後第一個上場「言懷」，後來又寫了柳夢梅為主的《悵眺》、《訣謁》等幾場從內容上講可有可無的戲，以加重「生」在全劇中的份量。從體制上說，這是必要的，故已被當時的劇作家視為當然。如此，在《琵琶記》中謂全劇即「為蔡伯喈一人而作」就是可以理解的了。但是說《西廂記》是「為張君瑞一人而作」則還須作些討論。一般稱《西廂》當指王實甫的雜劇，即所謂《北西廂》。《北西廂》的開場為「楔子」，「楔子」是正戲，不同於傳奇的頭齣「家門」。《北西廂》首先由崔老夫人帶領鶯鶯、紅娘登場，張生第一折方出場，這與傳奇沖場體制不合。從劇情看，雜劇中張生與鶯鶯少說也應是平分秋色，甚至鶯鶯更重要。與李漁約略同時的金聖歎說：「《西廂記》亦止為寫得一個人，一個人者，雙文是也。」他認為張生、紅娘都是為鶯鶯而寫的。看法何以如此不同呢？答案是：金聖歎所評是王實甫的雜劇即《北西廂》，李漁所論乃是《南西廂》，至少他也是受了《南西廂》的影響，是以傳奇的觀念來討論《西廂》的。南曲《西廂》翻本很多，以崔時佩本為例，第一齣「家門正傳」不算，第二齣為「金蘭判袂」，即由張生沖場，第三齣「蕭寺停喪」，方由老夫人、鶯鶯、紅娘等上，內容及曲文正是雜劇中「楔子」翻改的。這即是傳奇改由以生為主腦的典型表現。李漁本來對《北西廂》推崇備至而深惡《南西廂》，在「音律第三」中他說：「詞曲中音律之壞，壞於《南西廂》……非止音律，文藝亦然。」認為「自南本一出，遂變極佳者為極不佳，極妙者為極不妙」。他生平最惡弋陽、四平等劇，因它們所演《西廂》是北劇，便也「樂觀恐後」。但當時舞臺是由崑曲統治，《北西廂》但可被之管絃，不可奏諸場上，故場上所演大都是《南西廂》。李漁對當時流行的南本不滿，卻又認為，既然世人喜觀此劇，故《南西廂》翻本亦不可無，表示自己也要翻一本《南西廂》：「救饑有暇，當即拈毫。」如此，說李漁在「立主腦」中是以傳奇觀念論《西廂》，或可不算純粹臆測吧。

　　以下再談「為一事而作」的問題。「為一事而作」，從字面確可作兩種理解：一指中心線索，「減頭緒」一款中即是此義。所謂「始終無二事」是也。他說的「一線到底，並無旁見側出之情」，「如孤桐勁竹，直上無枝」，都是指的突出情節主幹之意。但「立主腦」中的「一事」則不是，因為他所舉「重婚牛府」與「白馬解圍」都算不得貫串全劇始終的主幹線索，而只是這個線索

中的一個情節。關於「重婚牛府」，他說：「其餘枝節，皆從此一事而生──二親之遭凶，五娘之盡孝，拐兒之騙財、匿書，張大公之疏財仗義，皆由於此，是『重婚牛府』，四字，即作《琵琶記》之主腦也。」關於「白馬解圍」，他說：「其餘枝節，皆從此一事而生──夫人之許婚，張生之望配，紅娘之勇於作合，鶯鶯之敢於失身，與鄭恒之力爭原配而不得，皆由於此。是『白馬解圍』四字，即作《西廂》之主腦也。」顯然，這正是趙景深先生所說的「重要關目」和「聯繫全劇的樞紐」。它和全劇其他關目之間有著因果關係，它是因，其餘是果，即所謂關鍵所在。這說明李漁提倡一部戲情節要單純，即一條線索各關目之間，也要有機聯繫，不要成為互不相關的「散金碎玉」，這就要「立主腦」。

李漁關於傳奇創作「立主腦」的論述，是透闢而周密的，但三百餘年前的這位作者，行文畢竟有不盡合今人習慣處，否則這些並不深奧的理論，是用不著這許多文字加以辨析的。

原載《江西師範大學學報》哲學社會科學版 1992 年第 1 期

談散曲的「俗」——散曲欣賞漫談之一

　　詩、詞、曲雖同出一源。尤其是詞和曲，起初只不過是一事兩稱，後方衍而為二，但是在其發展中確又形成了不同的風貌。不僅形制各異，且其藝術風格和表現功能，亦各有所擅。故李清照批評蘇軾「以詩為詞」，不為無理。同樣，如果僅用了曲的牌調和腔格，手法卻與詩詞無別，也會受到曲家譏誚。而欣賞和評價曲，除了與詩詞一些共同的標準外，還要有曲的特殊標準與審美趣味。我有一個或者不太貼切的比喻：現在歌唱藝術有所謂美聲唱法、民族唱法和通俗唱法。這雖是聲樂分類，可是所唱曲目不僅曲調風格不同，其歌詞（即文學）風格也是不同的。如果用美聲唱法去唱「酒干倘賣無」、「吃葡萄不吐葡萄皮兒」，恐怕就有點不倫不類。雖然這不是絕對的。

　　除了體制和格律的不同外，曲在藝術上有哪些特點呢？淺言之，曰「俗」，曰「暢」，曰「諧」。先說「俗」。因為這是基本的，後二者皆出於此。

　　曲是「俗文學」，因為它原本是城市下層民眾的娛樂品。雖然後來主要是文人雅士去寫作，但仍然保持著它的俗文學本色。這個「俗」，當然不是庸俗，也不止是通俗；而是一種「俗趣」。

　　首先在抒情寫事方面，注重表現普通人的心態和日常生活。選材與用事都不避「俗」。其實何止下層民眾生活是俗的，文人學士、王公貴族哪個沒有世俗的一面？只不過它們難登詩詞之大雅罷了。而曲卻勇於去表現，因而便別開生面。例如寫妓女的生活，寫幽會的場面，以至於代馬、代牛、代羊訴冤等。杜仁傑著名套曲〔般涉調・耍孩兒〕《莊家不識勾欄》中有一曲：

　　　　〔尾〕則被一胞尿，爆的我沒奈何。剛捱剛忍更待看些兒個。
　　枉被這驢頹笑殺我。

憋尿是俗而又俗的事了，然而在這裡卻絕妙地寫出了一個鄉下人進城看戲興味之濃。人們最熟悉的睢景臣的［般涉調哨遍］《漢高祖還鄉》。此曲擬的也是莊家人聲口，自然無處不顯出俗趣。馬致遠［般涉調·耍孩兒］《借馬》擬的是一個惜馬如命的馬主人將馬借給人時的矛盾心理，惟妙惟肖，很有戲劇性，這也是逼近生活的效果。在詠物方面，曲往往有自己的特色，從「詠笑靨兒」、「詠美人臉上黑痣」、「詠禿指甲」之類題目可見。下舉王和卿的［雙調·撥不斷］《長毛小狗》：

> 醜如驢。小如豬。《山海經》檢遍了無尋處。遍體渾身都是毛，
> 我道你有似個成精物。咬人的苫帚。

這些題材倘若用詩詞去寫，就必定要化俗為雅的。當然在「俗」方面略走遠一點，就不免有點庸俗，如《胖妻夫》、《王大姐浴房吃打》、《詠禿》之類，似乎格調不高。但就總體而言，缺了這類作品，卻也難顯散曲的廬山真面。

俗在散曲中的另一表現是語言的通俗。這種通俗的意義不只在於「易懂」，重要的還是為了造成一種俗趣。當然它要依靠口語、方言、俗語、民諺等來實現。雖然比起劇曲，散曲這些詞語少得多，但每曲中一兩個，便會出味（散曲味）。如盧摯小令［雙調］《蟾宮曲》：

> 沙三伴哥來嗏。兩腿青泥，只為撈蝦。太公莊上，楊柳陰中，
> 磕破西瓜。小二哥昔涎剌塔。碌軸上掩著個琵琶。看蕎麥開花。綠
> 豆生芽。無是無非，快活煞莊家。

全曲如話，加上「來嗏」、「昔涎剌塔」、「快活煞」等詞語，便顯出活潑自然的俗趣了。

但是散曲不是一味的俗，而是要俗中見雅，雅俗共賞。元高安人周德清在《中原音韻》中說曲的造語「太文則迂，不文則俗，要文而不文，俗而不俗。要聳觀，又聳聽」。所以曲中也運用大量文言詞語和詩詞的表現手段。如王實甫的一首帶過曲［中呂十二月過堯民歌］《別情》：

> 自別後遙山隱隱。更那堪遠水粼粼。見楊柳飛綿滾滾。對桃花
> 醉臉醺醺。透內閣香風陣陣。掩重門暮雨紛紛。怕黃昏忽地又黃昏。
> 不銷魂怎地不銷魂。新啼痕壓舊啼痕。斷腸人憶斷腸人。今春。香
> 肌瘦幾分。摟帶寬三寸。

這真是雅俗結合的傑作。它有詩詞的風雅，卻仍是道地的散曲。散曲不是民間文學，仍是文人的一種詩歌形式。元正宗曲家特別強調「樂府」（曲）與「俚

歌」的區別。「俚歌」就是村坊小曲，也就是民歌。這倒不是階級偏見，而是
文體所決定的，正如散曲與詩詞不同一樣。

原載《江西詩詞》1991 年第 3 期，署名甘池

談散曲的「暢」——散曲欣賞漫談之二

　　別稱「詞餘」的曲，與詞大異其趣，其表現的另一方面，就是詞尚蘊蓄，
而曲尚酣暢。任二北比較二者的區別時說：「詞之意隱，曲之意顯。」又說：

　　　　詞靜而曲動；詞斂而曲放；詞縱而曲橫；詞深而曲廣；詞內旋
　　　　而曲外旋；詞陰柔而曲陽剛；詞以婉約為主，別體則為豪放；曲以
　　　　豪放為主，別體則為婉約；詞尚意內言外，曲境為言外而意亦外。

任先生這段話將詞、曲藝術特性之不同說得很清楚、很透闢。（也近乎曲的
「酣暢」）。

　　曲的「暢」，第一個表現就是將作品的主旨顯示在字面上。溫庭筠這首
《菩薩蠻》詞是很著名的：

　　　　小山重疊金明滅，鬢雲欲度香腮雪。懶起畫蛾眉，弄妝梳洗遲。

　　　　照花前後鏡，花面交相映。新貼繡羅襦，雙雙金鷓鴣。

它寫一個深閨女子早晨起來化妝時的情景。刻畫的女子是慵懶、寂寞、缺少
生氣的。她為什麼是這樣的呢？只有最後一句「雙雙金鷓鴣」才透出了一點
消息。元人徐甜齋有一首散曲小令〔梧葉兒〕：

　　　　鴉鬢春雲嚲，象梳秋月欹。鸞鏡曉妝遲，香漬青螺黛。盒開紅
　　　　水犀，釵點紫玻璃。只等待風流畫眉。

與溫詞《菩薩蠻》境界幾乎完全相同，只是最後一句把前面鋪敘化妝過程的
意旨點破了：這個女子起床、梳妝為什麼遲、為什麼懶呢？因為眼前沒有那
個為她畫眉的張敞。前面那首《菩薩蠻》其實也是這個意思，卻模糊、含蓄得
多。這就是詞與曲的不同。

　　曲表達意旨不僅要「顯」，而且要「酣」，即筆酣墨飽、淋漓盡致。一個意
思，不惜反覆地說。從風格上說，曲是不尚清空的，然而也不就是質實。劉熙

載《藝概》說：「詞如詩，曲如賦。」以鋪張而言，曲確實像賦，但卻沒有賦的板重凝滯，大家都熟悉的關漢卿散套〔南呂·一枝花〕：

> 〔尾〕我是個蒸不爛、煮不熟、捶不扁、炒不爆響璫璫一粒銅豌豆。憑子弟每誰教你鑽入他鋤不斷、斫不下、解不開、頓不脫千層錦套頭。我玩的是梁園月，飲的是東京酒。賞的是洛陽花，攀的是章臺柳。我也會圍棋、會蹴踘、會打圍、會插科，會吹彈、會咽作、會吟詩、會雙陸。你便是落了我牙、歪了我嘴、瘸了我腿、折了我手。天賜與我這幾般兒歹症候，尚兀自不肯休。則除是閻王自來喚，神鬼自來勾。三魂歸地府，七魄喪冥幽。天哪，那其間才不向那煙花路兒上走。

這是對一個「風月子弟」攀花折柳生涯的誇張描寫。為了達到誇張的效果，每層意思都用兩句、三句、四句、五句（或詞組）……表達，真可以說是極渲染鋪排、酣暢淋漓之能事。

在遣詞造句與修辭各方面，曲還有一系列特有的藝術手法，如用密韻，甚至幾乎每句用韻：

> 金卮滿勸莫推辭。已是黃柑紫蟹時。鴛鴦不管傷心事。便白頭湖上死。愛園林一抹胭脂。霜落在丹楓上，水飄著紅葉兒。風流煞帶酒的西施。（馬致遠〔雙調·湘妃怨〕《和盧疏齋西湖》）

韻密，讀起來就有迫促感，造成一種氣勢。還有就是在用字上有意重複，前述關漢卿散套中的〔一枝花〕曲：

> 攀出牆朵朵花，折臨路枝枝柳。花攀紅蕊嫩，柳折翠條柔。浪子風流。憑著我折柳攀花手。直煞得花殘柳敗休。半生來折柳攀花，一世裏眠花臥柳。

其中「花」、「柳」二字，幾乎每句都有。還有疊字、疊句的運用也具有同樣的效果，不一一例舉。

曲的對偶與詞相比也更普遍並多樣化。朱權在《太和正音譜》中列了對式七種，除了格律詩中常用的「合璧對」、「連璧對」之外，還有幾種為曲中特有的對式。如「連珠對」：

> 次第明月圓，容易彩雲散。咫尺巫山。頃刻陽關。地窄天寬。十番九番。雨澀雲慳？千難萬難。

它從頭至尾都對偶，又如「鼎足對」，用得極多。膾炙人口的馬致遠〔天淨沙〕《秋思》：

> 枯藤老樹昏鴉。小橋流水人家。古道西風瘦馬。

這首小令意境高妙是無須多說的，王國維說它「彷彿唐人絕句妙境」，但現在有人從構詞、造句方法上讚不絕口，卻是不大得其要領的。這不過就是一組鼎足對，而其中每句又用了當句對而已，這在散曲中是十分常見的。馬致遠的〔雙調·夜行船〕《秋思》套中也有一連串的「鼎足對」：

> 紅塵不向門前惹。綠樹偏宜屋角遮。青山正補牆頭缺。和露摘
> 黃花，帶霜分紫蟹。煮酒燒紅葉。

還有所謂「扇面對」，即隔句對，在唐詩話中就提出過，但詩中卻很少見，而是四六文中的一種基本句式，在散曲中也常用。如：

> 興亡盡入漁樵斷。把將軍素書休玩。春秋漫將王霸纂。請先生
> 史筆休援。（明王子一〔越調·鬥鵪鶉〕套）

這些對偶形式都是有助於曲酣暢淋漓的氣勢的表達的。

總而言之，散曲要「暢所欲言」，不能半吞半吐，欲說還休。而最能表現散曲的這一特色的是套曲，小令就不能這麼酣暢，這不僅與篇幅有關，而且是體制本身的不同。而元散曲愈到後來，如張小山等曲家，就更加追求詞的風味，散曲也就日漸詞化，而失去其本色了。

原載《江西詩詞》1992 年 1 期，署名甘池

談散曲的「諧」──散曲欣賞漫談之三

　　喜劇性是戲劇美學的一大範疇，而作為詩歌體裁之一的散曲，卻也具有一種喜劇色彩，姑稱之曰「諧趣」。

　　清曲家黃周星說：「製曲之訣，雖盡於『雅俗共賞』四字，仍可一字之曰『趣』。古云『詩有別趣』。曲為詩之流派，且被之絃歌，自當專以趣勝。」其實詩和曲的趣是有區別的。詩的趣指義要廣一些，有所謂意趣、情趣、理趣等；曲的趣指的是幽默、詼諧、甚至是嘲謔。詩的趣貴含蓄、隱約，曲的趣卻是非常外化，非常強烈的。「趣」是詩味之一，而曲沒有諧趣，就沒有曲味。所以無論何種流派的曲家，都要賦予自己的作品或多或少的諧趣，從而使散曲具有了一種統一的個性：樂觀的天性，和統一的美學風格：喜劇色彩。這種統一的個性和美學風格是怎樣獲得的呢？

　　從取材立意方面說，散曲往往捨棄那些重大題材，如反映社會現實，歌頌愛國主義、英雄主義之類，而多選取那些貼近日常生活的事物，甚至瑣聞細故。如詠人體之美，便有《笑靨兒》、《紅指甲》、《詠佳人臉上黑痣》、甚至《詠禿》、《詠禿指甲》等等，都是饒有散曲風味的題目，是不能斥之為惡謔的。朱簾秀是元代一個著名藝人，美麗而風雅，而她的好友，官集賢待制的馮子振卻在散曲〔鷓鴣天〕中用「蝦鬚影薄微微現，龜背紋輕細細浮」，取笑她的背微有佝僂。

　　散曲不追求嚴肅深刻的寓意，只要機巧有趣，就是好曲。如元杜遵禮〔仙呂‧醉中天〕《詠佳人臉上黑痣》：

　　　　疑是楊妃在。怎脫馬嵬災。曾與明皇捧硯來。美臉風流殺。巨
　　耐揮毫李白。覷著嬌態。灑松煙點破桃腮。

這是元散曲中的精品。它的佳處就在於無端想像出李白揮毫將墨點灑在楊妃臉上的故事，使讀者在忍俊不禁中，得到一個關於美人痣的美好印象。

如說散曲完全沒有思想，沒有寄寓，那也是錯誤的。我們在散曲中卻常常讀到這樣的內容：「人生有幾，念良辰美景，一夢初過，窮通前定，何用苦張羅。命友邀賓玩賞，對芳樽淺酌低歌。且酩酊，任他兩輪日月，來往如梭。」「憑君莫問，清涇濁渭，去馬來牛。」（元好問）「離了名利場，鑽入安樂窩，閒快活。」（關漢卿）「莫剛直，休豪邁，於身無益，惹禍招災。」（張養浩）如果從字面看，這些作家不僅是如有人指責的「極端的個人主義」，「可怕的人生觀」（鄭振鐸語），而且面對著金元深重的民族災難和階級壓迫，他們是這樣的一種人生觀，竟可說是毫無心肝了，難道元好問、關漢卿、張養浩是這樣的人嗎？元散曲中還處處頌揚隱世的范蠡、嚴陵、陶潛，批判積極用世的孔子、屈原、韓信等，難道元代知識分子真的換了一副肚腸嗎？完全不是。只是他們運用散曲這種形式來抒情時，並不將真實的情感直接流露出來，而是用一副皮裏陽秋、玩世不恭的腔調，掩飾自己真實的悲哀；用自嘲、譏諷、諷刺的語氣激發人們從反面去認識事物的真相。反語，這種頗具幽默意味的語言，也就成了散曲的一個重要藝術特色。

誇張，是散曲另一獲得諧趣的手段。王和卿的〔仙呂·醉中天〕《詠大蝴蝶》是很有名的：

> 掙破莊周夢。兩翅駕東風。三百座名園一采一個空。誰道風流
> 種。唬殺尋芳的蜜蜂。輕輕飛動。把賣花人搧過橋東。

過去有些強作解人者，把這個作品說成是諷刺污辱婦女的「花花太歲」，批判「衙內式的人物」的，其實這不過就是對一隻大蝴蝶的誇張描寫罷了。這種誇張使這個奇異而美麗的蝴蝶帶給人們愉快的審美享受。

散曲中的套曲有不少帶有敘事性。它也不一般地敘事，而是擷取生活中具有戲劇性的片斷，對其喜劇因素加以強化。如我們在《談散曲的俗》一文中舉過的杜仁傑《莊家不識勾欄》套，刻畫一個鄉巴佬進城看戲時，對戲臺和表演的種種可笑的描述。睢景臣《漢高祖還鄉》中村民對做了皇帝的漢高祖的種種荒謬解釋，還有馬致遠〔般涉調·要孩兒〕《借馬》，寫一個惜馬如命的人不得不違心地將馬借人時那種種矛盾心態，真是細膩入微，妙趣橫生。請看倒數第二曲：

〔一煞〕早晨間借與他，日平西盼望你。倚門專等來家內。柔
腸寸寸因他斷，側耳頻頻聽你嘶。道一聲好去，早兩淚雙垂。

至於為了趣味性而採用的純技巧，在散曲也是很多的，如頂真、回文、嵌字（如嵌金、木、水、火、土字，類似詩中的「八音體」）等，詩中也有，這裡不談。如用韻方面有「短柱體」，即一句兩、三韻，《西廂記》中「忽聽一聲猛驚」頗得周德清稱讚。還有通首如此用韻的，如虞集的〔折桂令〕：

鑾輿三顧茅廬。漢祚難扶。日暮桑榆。深渡南瀘。長驅西蜀。
力拒東吳。美乎周瑜妙術。悲夫關羽云殂。天數盈虛。造物乘除。
問汝何如。早賦歸歟。

還有「獨木橋體」，通首用一字為韻，如元代一妓女寫的〔塞鴻秋〕：

到春來梨花院落溶溶月。到夏來舞低楊柳樓心月。到秋來金鈴
犬吠梧桐月。到冬來清香暗度梅梢月。呀，好也麼月。總不如俺尋
常一樣窗前月。

這首曲不僅用韻用了「獨木橋體」，而且通篇以古人詩詞成句為主，又稱作「足古體」。此外還有集藥名，集曲名等等，今人或鄙之為「文字遊戲」，但散曲本是娛樂品。因這種種的文字遊戲，才使作品產生了諧趣，這正是散曲本色，何鄙之有？

原載《江西詩詞》1992 年第 3 期

雙漸蘇卿故事研究補說
——讀李殿魁《雙漸蘇卿故事考》

　　中國戲曲研究中有過一個熱門話題，即「雙漸蘇卿」故事的考索。任二北先生在《曲諧》中稱「豫章茶船「(即「雙蘇」故事)，「普救西廂」、「天寶馬嵬」為元明間播詠最盛的「三大情史」〔註1〕。的確，作為一種文學題材或故實，它的影響之大不亞於產生過《西廂記》和《長生殿》這樣不朽名作的另外兩個故事。《西廂記》的作者、大戲劇家王實甫就寫過一部雜劇《蘇小卿月夜販茶船》，著名悲劇《趙氏孤兒》的作者紀君祥也有《信安王斷復販茶船》一本，宋元戲文和明傳奇也都有同名作品，有關典實如「風流雙生」、「多情小卿」、「金山題詩」、「月夜趕船」等在元明散曲與劇曲中觸處可見，其因緣上起北宋，下迄明末均不無蹤跡可尋。然而不幸的是相關劇作已全部失傳，只留下若干殘曲，所以這個故事的真實和完整的面貌便成了文學史上的一個謎團。這個謎團曾吸引過近現代不少學者，自吳梅先生以來許多戲曲史家都曾對此傾注過心力。但在半個多世紀的漫長歲月裏，雖然不斷有所發現，總的說來，還是不夠系統和缺乏相應的規模，難稱重大進展。

　　1989年臺灣學者李殿魁教授新著《雙漸蘇卿故事考》的出版，終於填補了這一空白〔註2〕。雖然作者在《緒論》中說，這部約二十萬字的著作還只是對這一題材作「主題學研究」進行「素材的準備」，但它確為我們繼續前進在相當程度上廓清了道路和奠定了基礎，李先生於本書集中了有關資料二百餘

〔註 1〕《曲諧》卷二，見任中敏編《散曲叢刊》下，鳳凰出版社2013年版。
〔註 2〕蔣星煜語，詳見《撫州師專學報》1990年第3期《曾輩關於雙漸的詩文》。

條，並加以評述，對諸如故事原型、人物、情節、流變及代表性作品等問題均有所涉及，提出了不少新見，對前人的研究成果也作了介紹和分析。如說此著乃是集前人有關研究之大成並有新的提高，當不為過譽。

全書分《研究篇》和《資料篇》兩大部分，我想先簡單談談《資料篇》。

《資料篇》收元明散曲小令八十六首（全文）、散套（全套或節錄）、和劇套（含諸宮調，全套或節錄）二十八種，傳奇七種，共二百二十條，幾乎將現在所知曲作中有關資料搜羅殆盡。作者將它們按內容和體裁兩條標準交叉分類，注明出處，對個別生僻詞語作了注釋。《資料篇》限於曲文。《研究篇》還引述了若干正史、作家別集及筆記雜錄、說部中的材料。上述資料部分是前人的積累，更多的是著者辛苦經營，於浩瀚的曲海中爬梳所得，有的還是求諸海外，國內讀者難得一見的。以李先生深厚的學力，搜求和整理了如此豐富和翔實的資料，不啻為後繼者提供了一本方便可靠的工具書，無疑將獲得讀者深深的敬意和感謝。

以下想重點談談《研究篇》。

在本書第二章中，著者列舉了任二北等十四位學者的十六種有關著述，一一加以評介，這一做法，在以前類似著作中還不多見，竊以為這是此著一重要特色。其作用不僅表明作者「步前賢之後軌」、「不掠前賢之美」的謙遜態度，更重要的是因為那些多年從事戲曲研究的學者，其成果多有相當學術價值，並有廣泛影響，但囿於當時的條件和其他原因，他們的成果又是有侷限的，有些甚至是謬誤的。李著將其匯聚於本書，予以實事求是的檢討，就能使自己和後來者站在一個新的起點上。

前輩學者於此題目關注最早的是任二北。1930 年他在《作詞十法疏證》為無名氏〔越調憑闌人〕小令作疏語說：「其事曲中各體皆有播詠，並常用雙漸代情場失意之腳色。」〔註3〕李著指出，這是「民國以來，第一次在曲學論著中提到雙漸和蘇卿，肯定了首倡者之功不可沒。後來任先生在《曲諧》中推崇「豫章茶船」是「曲中三大情史」之一，李著以為「別有見地」、「實不為過」，在全書開篇即加引用，並以此作為寫作本書的一種動因。「三大情史」這一命題已提出半個世紀，未曾引起人的注意，如今李先生重新提出，使我們仍然感到了它的生命力。我們完全可以而且應該將它引入戲曲史研究範疇。

〔註3〕任中敏編《散曲叢刊》下，鳳凰出版社 2013 年版，第 1017 頁。

　　吳梅先生僅於朱有燉《香囊怨》跋語中涉及「雙蘇」〔註4〕。該劇提到當時流行的戲劇三十餘種，其中《販茶船》、《進西施》等若干種後來失傳，吳先生以為與臧晉叔《元曲選》未收有關。吳說並非無據，因為有多種元劇孤本如《陳州糶米》等，賴臧選得以保存。李先生以為亡佚時間或者更早，以《風月錦囊》所存《留題金山記》和《樂府紅珊》所收《茶船記》已發生變異為證。李說與吳說基本一致，都以為明後期已無該劇流傳。李說是有道理的。但也可舉出另一類例證：明末《青泥蓮花記》中曾提到《販茶船》等劇，（詳見下文）又嘉靖萬曆間亦還有不少曲家如陳鐸、沈璟等，在散曲中使用有關「雙蘇」的故實。這類故實與經史典故有所不同，如沒有作品流傳，不可能具有那樣的活力。所以是否還可以考慮明後期仍有《販茶船》作品存世的可能性呢？

　　趙景深先生於「雙蘇」故事是最富熱情的一位，三十年代他就撰文，把「雙蘇」故事的真實面貌比之為一個「失去的小女孩」〔註5〕。後來他欣喜地聲稱已經找到這個「小女孩」，那就是《青泥蓮花記》中的一則記載。他還找到有關「雙蘇」曲文四十餘則，其《雙漸蘇卿的雜劇》一文因不斷有新發現而一續再續，熱切之情溢於言表。李著對趙先生的論文曾再三徵引，認為「趙氏由於首先注意此故事，因而大致推測他（關於王實甫《販茶船》佚文的判斷）較他家為近事實。」當然李也指出了趙先生「因所見資料仍不夠多，故亦無正確答案」的事實。於趙先生有誤之處，匡正亦甚得當，如關於「姨夫」、「江洪」的解釋等。

　　對於趙先生關於《青泥蓮花記》的解說，李著未加評論，只說「這是他的一得」。後來的人論及「雙蘇」也大多從趙先生引述此文。這本不錯，這段記載的確是難得的發現，但對於這段文字由於沒有引全（可能是版本不同），所以於其性質和內容仍未弄得十分清楚。

　　趙先生於《青泥蓮花記》這段文字的來源未作肯定，他說「不是宋人的，就是梅禹金的」，我以為這段文字肯定不是宋人的，而是梅禹金編寫的。根據是這段正文後的一段附注。按《青泥蓮花記》大部分錄自前人著作，共涉及近二百種書。除於書後列舉書目外，大多材料都注明出處，說明梅禹金是相當注重此書的徵實性的。《蘇小卿》這一則後面是有注文的，抄錄如下：

〔註4〕王衛民編《吳梅戲曲論文集‧瞿安讀曲記‧明雜劇》，中國戲劇出版社1983年版。
〔註5〕趙景深《中國戲曲初考‧雙漸和蘇卿》，中州書畫社1983年版，第126頁。

傳奇。此亦談說家，近俚俗。然元人喜詠之。《販茶船》、《金山寺》、《豫章城》雜劇。《仰山脞錄‧揚州李妙惠》載其詩，為盧進士妻，未知何據。〔註6〕

趙先生引文無此一段。我以為它是很重要的。文字不多，內容卻很豐富。「傳奇」，即正文故事的來歷。「傳奇」不是書名，而是後面三種元雜劇《販茶船》、《金山寺》、《豫章城》的總稱。換言之，上述「蘇小卿」故事是梅禹金據三部雜劇的情節概括出來的。明人常稱雜劇為「傳奇」，在同書「劉盼春」條，梅禹金也說：「周藩誠齋為傳奇曰《香囊怨》」，《香囊怨》正是雜劇。「此亦談說家」一句則進一步說雜劇故事的來源，指故事來源於筆記、野史、說部之類。該書後「採用書目」稱《耳談》、《道聽錄》諸書為「說家」，這裡當取此義。是否有所指，即梅禹金確實見到某部「說家」的書呢？應該是沒有，否則他一定會注明。他依據的就是這幾部雜劇，太長，他不能原文照錄。這裡還有一條旁證：在同書「王蘭卿」條後他附注說：「嘗記正德中陝西周至縣一娼死節，康太史海亦為傳奇。余初有之，久逸去。待校再補。」是說他準備根據戲曲家康海的傳奇，再補一條娼女死節的事蹟。如果他補了，當與「蘇小小」條方式相同。「近俚俗」，是梅禹金關於故事的評論，其他條他也用過「甚俚」、「文意膚淺」等評語。以「然元人喜詠之」過渡，引出三劇名。以下說《仰山脞錄》中記「憶昔當年拆鳳凰」一詩為「盧進士妻作」「不知何據」，更進一步證明了梅在正文中說詩是蘇禹卿題於金山寺，一定是有根據的。

如果此說能成立，那就不僅弄清了梅禹金此文的來歷，還說明了在梅禹金（1549～1615）的時代，元雜劇《販茶船》、《豫章城》（可能即《豫章城人月兩團圓》）還存在，而且還有一部未見於著錄的《金山寺》。譚正璧先生也曾論述《金山寺》雜劇的存在，他是從元馬致遠等的散曲論證的，見《雙漸蘇卿本事新證》。

《青泥蓮花記》正文也很簡單，因為梅選此書，特重妓女的詩才，收這類女子故事很多。於其詩作，總是長篇照錄，事蹟卻往往極簡略。如元大都行院王氏詠蘇卿的〔中呂粉蝶兒〕套，長達十六曲，也是全文收錄的。事蹟則半句皆無，故於「雙蘇」故事的文字，也極力壓縮如此。

〔註6〕田璞、查洪德校注《青泥蓮花記》，中州古籍出版社1988年版，第142頁。我以此本標點為是。以下引文亦見此本。

這裡再簡略地提一下，盧冀野先生《明代婦人散曲集》附錄《婦人曲話》中曾引錄這段文字〔註7〕，但存在兩個問題，一是未與正文分開，二是斷句不當，故讀來全不可解。李著在評述時，沒能指出這一點。

對趙景深先生的研究，似還有一點可以補充。趙在《諸宮調存疑》一文中提出《董西廂》開卷〔柘枝令〕中提到的「崔韜逢雌虎」八種名稱，前人均以為是諸宮調，他據石君寶《紫雲庭》雜劇、《武林舊事》「官本雜劇段數」等認為，包括「雙漸豫章城」在內的這八種名稱，不一定是諸宮調，而很可能是大曲。如這一推斷得到確認，那麼，在「雙蘇」故事流傳的歷史中，元雜劇之前，除了金院本《調雙漸》、諸宮調《豫章城雙漸趕蘇卿》（即張五牛創、商正叔改編，《水滸》中白秀英所唱）等之外，還有大曲也詠唱過，它們或者比諸宮調更早。

歷史上確有雙漸其人，也是趙景深先生首先發現，由譚正璧先生記入《元曲六大家略傳》的。但因所據是《中國人名大辭典》，該書不注出處，故難以為憑。因此，是胡忌先生在《宋金雜劇考》中引出曾鞏《南豐類稿》（按當為《元豐類稿》），首次確認了歷史上雙漸的存在。雖然文學中的歷史人物有時如蔡邕，是「身後是非」，但只要有些史實根據，即使是蛛絲馬蹟，也是不應忽略的。李著在評介胡忌時，稱之為「一大發現」，亦當之無愧。李先生還據以檢出曾鞏《送雙漸之漢陽》的七律一首和《雙君夫人邢氏墓誌銘》，尋繹出雙漸生平的若干關節，如「慶曆二年進士」、「無為軍人」等。特別是據《邢氏墓誌》中雙漸夫人姓陳而非姓蘇，推測蘇卿可能是雙漸侍姬，也是值得考慮的。這裡需要補充的是，在本書問世以後，蔣星煜教授又發表了《曾鞏關於雙漸的詩文——雙漸籍貫官職考》一文。他從一些方志、野史中，對雙漸故里的諸種不同記載、中科甲年限、所任官職之確切稱謂等，作了進一步考索，有許多新的補證。如乾隆刻《無為州志》記雙漸「負奇氣，不拘細節」，蔣先生認為這是「至關重要的記載」。他說：「恐怕當時當地流傳著他和蘇小卿這個妓女相互熱戀的故事，也不排除有金山寺追舟等傳說。對他不滿的人當然會以此為藉口加以中傷，修纂地方志者索性就把事情挑開，承認他不拘細節，實際上乃是一種保護。《吉安府志・名宦傳》不列雙漸，和他不拘小節有關也很可能。」這給我們研究人物原型和文學流傳之間關係一些新的啟發。

〔註7〕盧冀野《明代婦人散曲集》，中華書局聚珍仿宋版印，民國二十六年（1937）發行。

　　李著重點介紹了錢南揚先生和陸侃如、馮沅君先生輯錄戲文《販茶船》佚文的成就。這些成就無疑是不容忽視的。這裡擬對有關馮沅君先生的評述再補充一點，即她在三、四十年代考證賺詞時即得出《雙漸小卿》諸宮調是「張五牛手，商正叔只是個改編者」〔註8〕的結論，當時還沒有發現明萬曆活字本《太平樂府》中楊立齋《哨遍》套數的後幾曲。也就是說，「張五牛創制似石中玉，商正叔重編如錦上花」這個鐵證還未公之於世，這在當時也是了不起的。後來在《說賺詞跋》中，馮先生又進一步論證了商正叔何以要改編張作的原因，對《水滸》中白秀英所唱諸宮調她也有所研究，這些都是值得一提的。

　　本書評及譚正璧先生有關著述二種，一是《元曲六大家略傳》，一是《雙漸蘇卿》一文。前一種主要述及他對王實甫《販茶船》的考證。李著對它作了一些辯說，特別指出其「本事似脫胎於白居易《青衫淚》故事」一說「欠考」是正確的。於後一種，由於李先生寫此書時未見到譚的原作，故談的仍多是趙景深，特就筆者所見補述如下：

　　1958 年譚氏發表《雙漸資料》一文，披露了他從宋人筆記中找到的兩條資料，一是張耒的《明道雜志》，一是周必大《二老堂雜誌卷五·記閤皂登覽》。這兩條與「雙蘇」愛情故事無直接關聯，但都進一步證明了雙漸其人的存在。《明道雜志》中說雙漸「性滑稽」，則與蔣星煜先生引「負奇氣，不拘細節」有相通處。《雙漸蘇卿本事新證》主要是就《永樂大典》卷二四〇五「蘇」字韻內所收宋羅燁《醉翁談錄·煙花奇遇記》進行考察，後並附《煙花奇遇記》原文。這段資料重要性或在《青泥蓮花記》之上，因為係宋人作，情節詳細。雖仍屬小說家文字，又有缺漏，與戲曲故事情節亦有出入，但可以認為它們係同出一源，可以比較研究。譚氏著文介紹在 1962 年，發表在該年度《戲劇報》第二期，胡士瑩《話本小說概論》1980 年出版，其中對譚文已有記載，故李著以之繫於胡士瑩名下不妥。當然胡亦有貢獻，當別論。

　　李著評述各家，大都屬考證一類。屬文學本體研究的，除「三大情史說」外，還有鄭振鐸先生關於「商人、士子、妓女三角戀愛」的說法。鄭先生提出「雙蘇」故事是「商人、士子、妓女三角戀愛劇的範式」，《青衫淚》、《玉壺春》等許多作品都是在它的影響下產生的。李著對此說不僅在第二章加以介紹，且在《緒論》中即反覆申說，李之推崇「雙蘇」故事，以為它在《西廂》

―――――――――――――――――――――――――――――――――――――

〔註 8〕馮沅君《古劇說匯》，見《民國叢書》第二編，上海書店 1990 年版，第 152 頁。

之上，稱之為「有宋以平民為主題的代表作」，正是對鄭氏說法的呼應和發展。實際上，這類研究當是現階段從事材料搜集、考證深遠蘊意所在。

對李著評述的另幾位作者，因筆者未能找到他們的著作，故暫不討論。另外，還有幾位如葉德均、嚴敦易、王季思等都有談「雙蘇」的專文或有關文字，更可見此題材如何受到學術界青睞，亦更見李教授致力於此項研究的意義。

本書第三章《元明散曲劇曲中所見雙漸蘇卿資料評述》涉及面也較廣，其中對一些過去有誤解和不甚清楚的關節進行了辨析和澄清，有許多很有說服力的見解。如：「汝陽」不是劇名而是雙漸的書齋名；關於「正家書改作詐休書」，說明蘇婆婆受馮魁收買後曾偷改雙漸給蘇卿的信以欺騙蘇卿，使得若干散曲中的「騙」字有了著落；關於周文質「觀金斗遺文」句，說明元時不僅有「雙蘇」故事的舞臺演出，而且有了梓刻的文字流傳。關於王曄《黃肇退狀》係遊戲的反面文字，結尾將蘇卿斷給了馮魁而不是雙漸等，都很精闢。李著實際已對全故事的重要關目和一些細節作了描述，這正是搜集排比資料後要做的第一件工作。對此，筆者擬在李著成果的基礎上，提出幾個問題，希望能得到進一步探索。

1. 現有資料中關於雙漸出身、家世，與蘇漸早期愛情生活涉及不多，不像《曲江池》中的鄭元和，但也不是無蹤跡可尋，如明無名氏〔南呂一枝花〕套有「金斗郡玳瑁筵間。消疏了汝陽齋傳書遞簡。冷落了麗春園歌舞吹彈」，似乎不完全是一種借代修辭，而是有寫實成分的。即雙漸起初也是富家公子，與蘇卿有過一段追歡逐樂奢侈揮霍的生活和傳書遞簡的情意纏綿，後來被榨乾了油水才被趕出門外，與鄭元和相同。但這裡有一點矛盾，他們初戀的地點究竟在哪裏？兩人都是金斗郡人，蘇卿是「廬州娼也」，自是在廬州，可是也有說揚州、杭州的，最多的則是說在豫章。如：

> 豫章城錦片風凰交。臨川縣花枝翡翠巢。販茶船鐵板鴉青鈔。
> 問婆婆那件高。（元喬夢符〔雙調水仙子〕）〔註9〕

其第二句指雙漸，第三句指馮魁，第一句自然指黃肇。黃肇既在豫章，麗春園當然也在豫章了。又：

> 自少個蘇卿，用煞了豫章城。（元商道〔雙調夜行船〕套）

這曲寫的當是名妓蘇卿嫁馮魁之後，豫章城就少了熱鬧。商道即改編過諸宮調《雙漸豫章城》的商正叔，他當然知道原來故事的情節。又：

〔註 9〕隋樹森《全元散曲》，中華書局 1964 年版，第 618 頁。以下引元散曲均見此書。

> 想這等婆娘真乃是打家賊，劣心腸狠毒如柳盜跖。築下座豫章
> 城，振下座碧益池，……（明無名氏〔中呂粉蝶兒〕）〔註10〕

還可以舉出一些。從情理推測，雙漸如果在自己家裏，日日尋花問柳、飲酒宿娼，家庭不加管束是不可能的，況許多資料表明，他是常住在麗春園的。但「汝陽齋」又作何解釋？

2. 非常贊同李先生對黃肇其人的重視。過去的論者不大注意這個人物。趙景深先生曾說他「大約是個捐水木捎的，冒充是蘇卿的丈夫以免馮魁來奪」。李著考證黃肇、黃召、黃超、黃詔是一個人，做著「司理」的小官。他曾給蘇卿蓋（或買）下一座麗春園，可是蘇卿愛的是有才貌的多情雙漸，茶商馮魁又買通了鴇母，這個小官吏在金錢和愛情面前，百無一是，被稱作「姨夫」，地位尷尬。但他也不是知難而退的人物，於是麗春園裏發生了尖銳而富於戲劇性的場面，如楊立齋〔般涉哨遍〕套中〔四煞〕所描繪的大打出手：「又有個員外村，有個商賈沙，一弄兒黑漆筋紅油靶。一個向麗春園空口尿了酒，一個向揚子江船中就與茶。精神兒大。著敲棍也門背後伏地巴背，中毒拳也教鐗裏仰臥地尋叉。」這也就是無名氏〔雙調新水令〕中「鬧爭奪鼎沸了麗春園」的具體描寫。這樣看來這個戀愛不是「三角」而是「四角」，這樣的情節是其他愛情故事中少有的，它使故事更加曲折複雜了。總之，黃肇這個人物似乎是應當充分注意的。

3. 蘇卿之嫁馮魁，過程也一定很曲折。許多散曲劇曲中是罵蘇卿負心的，如：

> 麗春園蘇氏棄了雙生，海神廟王魁負了桂英。（元無名氏小令
> 〔雙調水仙子〕）

> 花陣贏輸隨鰻生，桃扇炎涼逐世情。雙郎空藏瓶，小卿一塊冰。
> （同上〔越調憑欄人〕）

> 你個雙郎子弟安排下金冠霞帔，一個夫人來到手兒裏了，卻則為
> 三千張茶引嫁了馮魁。（元關漢卿雜劇《趙盼兒風月救風塵》）〔註11〕

對蘇卿的責難恐怕不只是因為她嫁了馮魁這一簡單事實，可能還有一些情節上的依據，如鴇母改信之後她很可能相信了雙漸已拋棄她而負氣自動上了茶船。但她心裏一直是愛著雙漸。她受著種種委屈，故而內心百般痛苦。

〔註10〕《雍熙樂府》六，轉引自李《考》「資料篇」第52頁。
〔註11〕臧晉叔編《元曲選》第一冊，中華書局1958年版，第196頁。

還有許多情節有待研究。如蘇卿在金山題詩同時還拜託廟裏和尚帶口信給雙漸，這似乎有點違背常情，所以趙景深先生曾懷疑這個和尚就是雙漸，其究竟如何？又如「月夜趕船」既用作題目，其情節當有特別之處，恐怕不只是一路抒情而已。在豫章趕上蘇卿後是如何因彈琵琶而相會的，最後是怎樣離開馮魁，經信安王斷復而得到團圓的等等，都不很清楚，希望得到共同的研究。

本書第四章介紹了迄今發現的與「雙蘇」故事相關的戲曲劇本資料，著者對它們作了若干疏證和評論。由於引文及評述較多，看起來不夠清楚，我將它們分作三類：

1. 直接以「雙蘇」故事為題材的作品，如王實甫、紀君祥各自的《販茶船》雜劇，元無名氏（一作楊景賢）《豫章城人月兩團圓》雜劇，或者還有《金山寺》雜劇。宋元戲文《蘇小卿月夜販茶船》，明傳奇《茶船記》等。

2. 以「雙蘇」故事的變異為題材的作品，如明無名氏傳奇《留題金山記》，或者還有《三生記》等。

3. 在《販茶船》影響下產生的作品，如明胡文煥傳奇《犀珮記》、李玉傳奇《千里舟》等。

這樣的分類未知當否，提請李先生及廣大讀者指教。

原載《江西師範大學學報》哲學社會科學版 1991 年 1 期

朱權研究

學者朱權
——紀念朱權誕辰 630 週年逝世 560 年

  寧王朱權，作為一位藩王，在歷史——主要是明初朱棣奪位的一段歷史上，是頗有名氣的，但說他是個有卓越貢獻的學者，在當今學界，會覺得有點陌生。

  朱權（1378～1448），號臞仙、涵虛子、丹丘先生、南極遐齡老人等，明太祖朱元璋第十七子，洪武二十四年（1391）封於大寧，封號「寧王」。永樂元年（1403）改封南昌。卒諡「獻」，史稱「寧獻王」。

  作為藩王的朱權在大寧時期，是一個擁有重兵的青年軍事統帥，在抗擊元殘部、保衛大明北疆的戰鬥中作出過貢獻。建文時期，燕王朱棣用武力挾持和用「事成，當中分天下」的謊言，欺騙和迫使朱權參加了三年「靖難戰爭」，在朱棣奪位這一歷史事件中起了重要作用。但他並沒有從「靖難」的最後勝利中得到任何利益。相反地，朱棣做了皇帝以後，不僅「中分天下」之議不能再提，朱棣及其後的幾任皇帝對他一直存在疑忌和壓制。朱權不得不以隱逸和學道為生存方式，在南昌蟄居了四十餘年。正德年間，他的四世孫朱宸濠造反未成被鎮壓，寧王爵除，家族廣受株連，作為始祖的朱權也成為了人們諱言的人物，久而久之，他的貢獻便很少被提及和宣揚，變得有些陌生起來。

  然而朱權是應該受到重視並且能夠名垂青史的。不是因為他是顯貴的皇子親王，也不是因為他在朱棣奪位中的傳奇經歷，而是因為他是一個對中華民族文化作出了卓越貢獻的文人學者。朱權在南昌的四十餘年間，熱衷於中

華傳統文化的學習、倡導、研究和創造，最終留下大量著作，其中許多至今還在一些領域放射光芒。並不像有位當代學者所說，朱權在南昌過的是「消磨時光，蹉跎歲月」的生活一直到死〔註1〕。

本文宗旨便是將作為學者的朱權介紹給大家。但在篇幅有限的一篇文章中，要對這位「卓越但陌生」的學者朱權作完整、深入地述說，是有困難的。筆者對他的研究也很有限。但願意在這裡作些一般情況的介紹和淺近的描述，希望引起學界對學者朱權的關注。

一、輝煌的學術成就

（一）著作等身

朱權畢生著作數量驚人是早有定論的。清初著名文學、史學家錢謙益在《列朝詩集小傳》中評價朱權說：「古今著述之富，無逾王者。」〔註2〕時間又過去了近四百年，他的記錄還保持在高位。僅此一點，就應該對朱權在中國學術史上的地位刮目相看。

朱權一生著作見於各種方志、譜錄、書目等著錄的大約有 110 多種，其中可以確認為朱權自己撰寫編著的有 70 餘種，其餘不能確考的 40 餘種。至今存世約 28 種。由於篇幅有限，這裡不能將其書目詳列。

一個人編著、撰寫出這樣多的著作，稱之曰「驚人」，稱之曰「輝煌」，決非過譽。有人說，他有許多幕僚幫忙或者代勞；有人說，他是親王，他有這樣的財力。這些說法都不錯。可是，歷史上金玉滿堂、幕僚成群的皇子王孫無數，能夠躋身於文人行列而名垂史冊者有幾？又有幾個可以將他們擁有的物力人力資源用於上規模的學術研究，或投入國家及地方的文化建設事業呢？留在史冊的，不過主編了《淮南子》的漢淮南王劉安，編了詩文總集《昭明文選》的梁昭明太子蕭統等數人而已。《淮南子》和《昭明文選》都是由當時的一些著名文人和幕僚們「代勞」的，而歷史從來不因此否認劉安、蕭統的功績，他們的巨大貢獻已經名垂青史。何況朱權的貢獻不僅數量大大超過，而且其中本人的勞績也大大超過他們。他完全可以和這兩位皇室文人相提並論，都是中國幾千年歷史上寥若晨星的皇族大學者，值得後人為之肅然起敬，並將其業績筆之於史冊，公之於世人。

〔註 1〕徐子方《明雜劇史》，中華書局 2003 年版，第 100 頁。
〔註 2〕錢謙益《列朝詩集小傳》，上海古籍出版社 1959 年版，第 11 頁。

（二）學術成就及影響

朱權的一些著作在所涉及的領域內已經具有顯赫地位和重大影響。然而作為一個學者在中國學術史上的整體地位，尚未得到足夠的確認並加以研究。由於涉及面太多，本文也不可能作全面敘說。現僅就其中影響較大的幾種，作些簡略介紹。

1.《太和正音譜》之於戲曲

《太和正音譜》是一部涵曲論、戲曲史料及曲譜多方面內容和功能的著作。分別而言：《太和正音譜》是戲曲史上第一部曲論著作。雖然從今天「戲曲學」的角度說，還難稱成熟（當時戲曲本身也還沒有成熟），但卻已經有了明確宗旨、核心理念、大致系統以及作者個人見解，對後來的戲曲發展和研究影響極大。

在戲曲史方面，它保存了許多北曲雜劇劇目、作者及演出等的有關史料，有的可以和其他史料參看並藉以考證，有的且是唯一線索。

其製作的樂府 335 章，則是我國曲史上的第一部曲譜。正是它，將曲的寫作和演唱規範化了。此後數百年出現多種曲譜，皆由此濫觴。

總之，《太和正音譜》堪稱中國戲曲由民間文藝走向民族文藝的一個里程碑。大家都知道「唐詩、宋詞、元曲」這種提法。但元曲中的北曲雜劇在元代以至明初，都還是一種在藝術上並不成熟的戲劇。熱愛北曲雜劇的朱權編撰了這部《太和正音譜》，正是希望通過多方面的努力，改善雜劇的素質，提高它的文化品位，讓它進入社會上層。這是符合我國戲劇藝術以及其他藝術發展的歷史規律的，因此它能夠並且已經起到了這樣的作用。此後南曲戲文也走上了和北曲同樣的道路，形成明清傳奇。中國民族戲曲的高峰由此形成。現在被列為世界非物質文化遺產的「崑曲」的產生，也可以看成是《太和正音譜》的遠期效應。在學術研究方面，明清以來直至今日，凡涉及古典戲曲及古典戲曲史，無不徵引《太和正音譜》，它已經成為治古典曲學的一部必不可少、無可替代的重要經典。無論後世在研究水平方面有何等進步，《太和正音譜》的價值都是難以抹煞的。

朱權曲論之撰，北曲譜之編與他從事北雜劇寫作實踐是分不開的。他一生寫雜劇十二種，是明初重要的雜劇作家之一。奇怪的是有一位當代明代戲劇史研究家說朱權喜愛、創作、出版和研究北雜劇是走「一條聲色之娛的道路」，是「用出世修道和移情伎樂來消磨歲月，利用朝廷提供的優厚條件和自

身的特殊地位，不經意間，他們在戲曲史上做出了特殊的貢獻，也算是無心插柳柳成陰吧」。一個以「消磨時光，蹉跎歲月」為人生態度的人，可以在「不經意」間「無心」插出許多這樣的「柳」來，實在是「匪夷所思」！

2.《神奇秘譜》之於琴樂

《神奇秘譜》是中國歷史上留存至今年代最早的第一部琴譜專輯、總集。中國古琴有數千年的悠久歷史，是中華民族文化的瑰寶之一。但長期沒有書面記譜。大約在魏晉時出現過「文字譜」，僅有《幽蘭》一譜留傳於今，極其繁難。唐代出現將「文字譜」簡化、縮寫的「減字譜」，但缺乏曲譜流傳。《神奇秘譜》乃是今存第一部減字譜琴譜專輯，是朱權歷時十二年，從廣泛收集到的唐宋元明「千有餘曲」中選定、校訂、整理，加上自己的創作共六十四首琴譜，其中包括被稱為已成「絕響」的《廣陵散》。後世的許多琴譜，無不在它的影響下產生。中華人民共和國成立後，第一部影印出版的琴譜就是這部《神奇秘譜》（1955 年）。我國古琴藝術久為世界尊重，現在更成為聯合國承認的世界非物質文化遺產之一，《神奇秘譜》的世界影響不言而喻。

從另一方面說，《神奇秘譜》又是中國音樂史上第一部純音樂曲集。因此它標誌著中國純音樂觀念的形成。純音樂是一個民族音樂文化發展水平的重要標誌。中國音樂固然有悠久的歷史，但它受文學的影響太深。中國古代的器樂總是伴隨著歌唱的。我們知道歌曲中有許多「徒歌」，在古琴，唐詩宋詞中多有「彈琴復長嘯」之類的文句，即所謂「琴歌」，在一定意義上，可說中國音樂乃「文學的附庸」。《神奇秘譜》不是「琴歌」集，而是「琴曲譜集」，是第一部純音樂的樂譜集，他標誌著朱權是用音樂思維來接受和理解著音樂。從他撰寫的解題中更可以明確地看到這一點。以《天風環佩》一曲的解題為例：

> 臞仙曰：是曲之趣也，若夜寒月白，雲淡星稀，琅風玲玲，玉露湛湛。凜若神遊於太羅，仙遊於玄館，鏘然鳴珂，鏗然戞玉，不見其人，但聞裙裾珊珊而已。使人聞之，可以起思仙之志，有超凡之想。苟非神仙中人，誰能識之？〔註3〕

他的這些聯想和領悟，分明是從音樂形象轉換為視覺形象產生的，而不是通過文字和語言。《神奇秘譜》，以及他編著的《太音大全集》等，對中國（純）音樂的發展起了巨大的推動作用。

〔註 3〕朱權《神奇秘譜》卷中，中央音樂學院民族音樂研究所 1956 年影印明刊本，第 11 頁下。

3.《太清玉冊》之於道教文化

《太清玉冊》是一部道教著作。道教是我國土生土長的宗教，道教文化滲透在中華民族文化的方方面面。在我國民眾和統治階層以及知識分子中都有著廣泛的影響。但元末明初，道教曾經出現衰微和混亂，對社會安定和朝廷的統治都產生了消極影響。朱元璋曾經著手從組織上整頓道教。然而不從文化入手，整頓是不深入的。朱權當時在南昌修道，便主動擔當起從文化上整頓和振興道教的重任。《太清玉冊》可說是重建道教的綱領。它全面闡說了道教的性質和精神內涵，敘述了道教的發展源流、列出了相關歷史文獻、組織建制、儀軌制度等，從理論到實踐指導著道教的建設，後來被作為經典收入明末編輯的《續道藏》。直至現代，種種研究道教的書籍，都離不開對它的參考和引用。

4.《活人心法》之於醫學

朱權的醫學著作多種被當代我國及東亞各國醫學書目收入，其中影響最大的當數《活人心法》。此書包括攝生養性、用藥治病、氣功導引等多方面內容。明代就已傳入日本和朝鮮。日本今存有明代抄本（見《中國中醫研究院圖書館藏書》「明代方書」一節）。今《活人心法》版本之一——明嘉靖二十年（1541）朝鮮刻本卷末署：

> 書寫啟功郎李秀貞，校正承訓郎審藥李秀碩，中直大夫行羅州鎮兵馬節制都尉兼監牧成世英，通政大夫行羅州鎮兵馬僉節制使金益壽，奉直郎都事兼春秋館記注官李春嶺，通政大夫守全羅道觀察使減兵馬水軍節度使安玹。〔註4〕

顯見這是當時朝鮮的一個官刻本，可知此書受到的廣泛重視。

5.《庚辛玉冊》之於煉丹學

此書藏本目前尚未發現。明代醫藥巨典李時珍的《本草綱目》將此書與《神農本草》等並列為重要引據書目，他對此書介紹說：

> 宣德中，寧獻王取崔昉《外丹本草》、土宿真君《造化指南》、獨孤滔《丹房鑒源》、軒轅述《寶藏論》、青霞子《丹臺錄》諸書所載金石草木可備丹爐者，以成此書。分為金石部、靈苗部、靈植部、羽毛部、鱗甲部、飲饌部、鼎器部，通計二卷，凡五百四十一品。

〔註4〕朱權《活人心法》，明嘉靖二十年（1541）朝鮮刻本。

所說出產形狀、分別陰陽，亦可考據焉。〔註5〕

《庚辛玉冊》主要內容是煉丹術。當代自然科學界都認為，煉丹術促進了中國化學發展。海內外研究中國自然科學史的學者對《庚辛玉冊》非常重視。香港大學中文系何丙郁、澳洲格里斐大學趙令揚等有專著《寧王朱權及其庚辛玉冊》，將《本草綱目》所引《庚辛玉冊》文字勾稽出來，評價此書是「明代唯一主要的煉丹術巨著，是研究明代煉丹術史所不能缺乏的現存中國煉丹術文獻」〔註6〕。不僅研究中國藥學史的著作將其列為重要典籍，中國礦物學史的研究也將它列入其中。

（三）領袖文壇，弘獎風流

對於朱權的學術事業，僅僅統計和評價他個人的著作是不夠的。在被迫離開政壇後，朱權不但沒有消極頹廢，也沒有與世隔絕，而是放眼文化建設。他與當地文人過從非常密切。可說是「隱居」而不「避世」。他利用自己王府的刻書館——文英館，除出版自己的著作外，還整理刻印一些古代文籍如宋白玉蟾的《海瓊玉蟾先生文集》、元鮑恂《太易鉤玄》、高明《琵琶記》等。特別是為身邊和南昌地方的學者刻書，為他們作序。《四庫全書總目》（史部目錄類）收有朱權後裔朱多焜輯《寧藩書目》（存目）一種（今佚），並「提要」說：「寧獻王權，以永樂中改封南昌，日與文士往還，所纂輯刊刻之書甚多。……所載書凡一百三十七種，詞曲、院本、道家煉度、齋醮諸儀俱附焉。」〔註7〕他還為同時代文人刻集多種，如寧府教授胡奎的《斗南老人集》，胡儼《頤庵文選》、《頤庵詩選》，命王府醫生劉瑾重校陳會《神應經》等。他為他們作序，熱情洋溢地給予評價。所以錢謙益在《列朝詩集小傳》中讚揚他「弘獎風流，增益標勝」。作為一位藩王獎掖某人某書，不僅是給某個人以榮耀，更是對文人學者業績及其精神的普遍弘揚。

（四）流風餘韻——對其後裔和家族的積極影響

朱元璋二十餘子，分封各地。在諸王裔派中，文化方面有所建樹者有數

〔註5〕李時珍《本草綱目·序例第一卷》（第1冊），人民衛生出版社1977年版，第10頁。

〔註6〕何丙郁、趙令揚《寧王朱權及其庚辛玉冊》，香港大學中文系1983年版，第11頁。

〔註7〕四庫全書研究所著《欽定四庫全書總目》（整理本），中華書局1997年版，第1152頁。

支，而以寧藩一支為最多。終明之世，朱權後裔有著述見諸《明史》及諸方志《藝文志》者達數十人，著作數百種。八世孫朱耷——即「八大山人」是畫家，已為中國畫史上不朽的人物，今天更是譽滿全球。原其始，都可稱是始祖朱權所開風氣的流風餘韻。

（五）對朱權關注不夠及其原因

從上面的敘述可以看出朱權的某些著作在相關領域得到了一定程度的承認。但還不能說，他作為學者在中國學術史上的地位已經確立。他更多的著作也還沒有得到應有的關注。這當然是有原因的：

1. 歷史的原因。對朱權冷落不是今天才有的現象，比如《太和正音譜》在明代廣為流傳，並被多次翻刻，但頗有人不知署名「涵虛子」、「丹丘先生」者是何許人。原因在於一個特殊政治背景：正德年間，他的後裔四世寧王朱宸濠造反被誅，後代曾廣受株連，人們對其始祖朱權也不免忌諱。

2. 學術背景。兩千年來，中國的主流文化為儒家經學所統治，尤其是宋元以來，性理之學方為顯學，其餘皆所所謂雜學旁搜，為正統文人所不屑。朱權的學術大多是在封建社會不被重視的黃冶、醫卜、星曆、九流之類。即便是文學藝術，他喜愛的是通俗文學——曲，其創作以雜劇為大宗，其曲譜、曲韻這樣的工具性著作，也難以入正統學術之流。

3. 朱權的學術面太廣，非常分散。近現代，學科分設細密，互不關聯。古琴界毋須知道《太和正音譜》和《太清玉冊》，曲學界也不必問津《神隱志》和《肘後經》，更無須詳其作者。

4. 現當代社會偏見。近半個世紀以來，「階級出身」觀念常左右著對知識分子的評價，對古人也不例外：朱權是皇親貴族，貴族是壓在人民頭上的「大地主階級」，他們只知養尊處優，哪裏可能有什麼文化學術的貢獻？即使有些微成果，也必定多為糟粕。一個皇族學者的輝煌業績被輕描淡寫，潛在影響至今也很難說已根除，如前所舉的那部雜劇史。

二、鮮明的思想傾向

自漢以下兩千多年來，中國幾乎所有文人，自覺或非自覺，思想上都出入乎儒、釋、道三家，或兼容並蓄，或有所取捨。三家的高下，是個由來已久的社會、宗教和學術的命題。三者的價值實際上是隨著統治者的需要浮動的。由於儒家有利於封建秩序穩固的功能日益顯著，釋、道便向儒家靠攏，明初

雖然三者仍然存在爭勝的局面，但日趨合一的大勢已在形成，在普通人的眼裏，釋與道的界線也逐漸模糊起來。朱元璋三教並用，以儒為主，於佛道亦無偏執之詞。他撰寫的《三教論》說：

> 王綱於斯三教，除仲尼之道祖堯舜、率三王、刪詩制典、萬世永賴；其佛仙之幽靈，暗助王綱，益世無窮，惟常是吉。嘗聞天下無二道，聖人無兩心。三教之立，雖持身榮儉之不同，其所濟給之理一然於斯，世之愚人於斯三教有不可缺者。〔註8〕

然而朱權對儒、釋、道的觀念是決不模糊，也不唯其父皇是從，而是有自己獨特而鮮明的態度，那就是：信奉道家，尊重儒家，排斥佛家。他雖沒有寫過這方面的專論，但他的著作中處處可以看到他對三家的不同態度，而且極其鮮明。

（一）崇道：朱權信奉道家，是非常明確的，他的那些道家色彩鮮明的名號「涵虛子」、「丹丘先生」、「南極沖虛妙道真君」等等就足夠說明的了。對他的好道傾向，向來只是從他政治上避難去理解，用「韜晦」一詞以蔽之，這固然有一定道理，但不夠全面和深入。據史料稱，朱權兒時就「好道術。太祖曰『是兒有仙分』」。〔註9〕並非是後來受排擠以後才借學道以「苟全性命」。所以是一個虔誠的道教信奉者，他的生活方式是教徒式的。他煉丹並服食丹藥，追求長生久視，被淨明道團稱作「真人」，還得過「南極沖虛妙道真君」的封號，死後以道裝殮。

然而他又不僅僅是一個專事自身修煉的教徒，而是一個道教文化的傳播者。他以黃老哲學思想為世界觀和認識論，進行學術思考。他的 70 餘種涉及十餘類目的著作中道家類十多種，涉及道教的諸多方面如內、外丹修煉、占課、齋醮、養生及教義等。在其他類著述中，處處顯示出道家思想的傾向。

（二）尊儒：儒家思想自漢以來，居於統治地位。尤其是宋人倡導性理之學，使儒學別開生面。明初朱元璋政治上三教並用，思想上卻唯儒學是尊，性理之學深入到社會生活的各個層面。四書五經與八股文章為綱領的科舉制度更是有力倡導。在這樣的情勢下，朱權卻對儒學不感興趣，可見其思想個性的獨特。不過他不可能迴避儒家，更不可能與儒家對立。他沒有儒家經學、

〔註 8〕朱元璋《明太祖文集》卷十，《文淵閣四庫全書》本，臺灣商務印書館 1983 年版，第 18 頁。
〔註 9〕查繼佐《罪惟錄》卷四《寧獻王權傳》，明抄本，第 47 頁。

理學著作，在其他著作中對儒家也很少正面涉及，僅在某些時候適度地表示了尊重。在早期雜劇中，他選了傳統的卓文君與司馬相如的戀愛故事為題材，寫了《私奔相如》一劇，卻寫在二人出奔的途中，文君主動駕車，並說出「男尊女卑，人之常也；夫唱婦隨，人之道也」〔註10〕這樣道學氣十足的話，顯示出他青年時代思想上的幼稚。而在後來的著作中很少正面發揮他對儒家的理念，總之可謂「敬而遠之」。

（三）斥佛：他對佛家排斥敵視到近乎偏執，曾在許多著作中鮮明地表明其態度。他一貫以「喪門」這種蔑稱稱呼佛教。在《原始秘書》一書中解釋什麼是「三教」時，他說：「此三代（夏、商、周——引者）之教也，非以『喪門』擬中國儒、道為三教。」〔註11〕即不承認佛教有資格和儒、道兩家並列。他稱君王好佛為「好喪門」，認為漢楚王英和梁武帝為人所殺，北齊胡太后因通僧曇謨被殺，都是「好喪門」的惡果。他以「僻喪門」為君王德行之一。因魏武帝能夠「誅除喪門」而稱之為「卓然有為之君」。他引《魏書》李瑒上書說：「佛教乃鬼教也，安得棄堂堂之政而從鬼神乎？」在「迎佛骨」一條中他說：「史謂唐憲宗迎胡人枯骨，僻韓愈之諫，不一年為宦官所弒。」〔註12〕他在給胡儼的《頤庵詩選序》中批評當時的儒者對佛家的態度，讚揚胡儼「無一字為浮屠之說」是「得儒者之正」〔註13〕。在《太和正音譜》裏，他將三家進行對比評說：

> 道家所唱者，飛馭天表，遊覽太虛，俯視八極。志在沖漠之上，寄傲宇宙之間，慨古感今，有樂道倘佯之情，故曰道情。儒家所唱者性理，衡門樂道，隱居以曠其志，泉石之興。僧家所唱者，自梁方有喪門之歌，初謂之頌偈，「急急修來急急修」之語是也。不過乞食抄化之語，以天堂地獄之說愚化世俗故也。〔註14〕

語氣中透露出鮮明的區別。又在該書「雜劇十二科」中，列「神仙道化科」為首，忠臣義士、孝義廉節等儒家色彩的科居中，而將佛家色彩的「神佛雜劇」

〔註10〕朱權《卓文君私奔相如雜劇》，見《孤本元明雜劇》二，中國戲劇出版社 1957 年版，第 4 頁。

〔註11〕朱權《原始秘書》卷二，明初刻本，第 1 頁。

〔註12〕朱權《原始秘書》卷二，明初刻本，第 1 頁。

〔註13〕胡儼《頤庵文選·原序》，《文淵閣四庫全書》本，臺灣商務印書館 1983 年版，第 1 頁。

〔註14〕朱權《太和正音譜》，涵芬樓 1920 年影印藝芸書社藏本，第 46 頁。

改稱「神頭鬼面」列於末尾。不過未見他有詆佛的專門著作，他的態度可能與某些具體事件和個別人物有關。具體的原因有待於進一步研究。

朱權對三教的態度的傾向性也許並不可取，可取的是他獨立自由的學術精神。

三、獨特的學術個性

我們研究學術，一般很少涉及其作者，認為學術崇尚的是客觀科學性，與學者的個性無干。但我以為：每個學者都是有自己獨特的命運和性格的。其所處的特定時代、生活環境、生平遭際，以及在這樣那樣的條件下形成的人格，對其從事研究的出發點，研究領域和方向，思維方式、成就和不足等等都會造成影響。忽視這種影響，對其學術本身的認識或多或少造成產生片面。於朱權尤其如此。

朱權的命運和性格的基點是什麼呢？毫無疑問，是他的貴族出身──皇子、親王身份和地位。近幾十年來人們在研究他的著作時對其中不時流露出的貴族階級優越感是很敏感的。比如《太和正音譜》中對「娼夫」（藝人）的鄙視，在《神奇秘譜序》中對「白丁之徒」、「負販之輩」等的排斥等，都曾受到過人們的批評。這批評有正確的一面，但這是不是他的學術個性的全部，或者說是主要方面呢？貴族身份和地位對他的學術僅僅是一種負面影響嗎？我們還是先從他的學術顯示出的幾個特徵來作些分析。

（一）廣泛的學術興趣

中國古代的學術門類和每一個學者的專業領域雖然沒有現代這樣嚴格的界限，但從實際出發，「術業有專攻」的是大多數。一個學者能夠涉及兩三門、四五門已經很不錯了。但朱權七十餘種編撰著述，涉及古代圖書四大部類中除經部以外子、史、集三大部的十幾個類別，這在今天難以想像，在古代也不多見。

他對前人的當代的、傳統的、民間的各類成果不拘一格大量兼收並蓄。有些直接來自前人的書籍。比如他在編《神奇秘譜》過程中，命五名琴生「屢更琴師而受之」，廣搜傳譜。在《太和正音譜》中，他將元人的《唱論》、《中原音韻》、《錄鬼簿》等大量吸收進來，加以發揮或補充。在《神隱志》中他收集了許多民間生產、生活小常識，什麼相母牛法、養豬、養牛、養羊法，以及

茴香湯、餛飩皮、芥茉茄、蓮花醋的製法等等，還有醫書中的許多藥方，應該都是八方搜求，廣為徵集而來。

他何以會將這樣多內容納入他的研究範圍呢？首先不妨說是與生俱來的興趣。《罪惟錄》說他「性機警多能」，即孩童時興趣非常廣泛。隨著生活的需要，十六歲開始帶兵打仗，所以懂軍事、會騎射；又對政治歷史有興趣，於是讀史書，研究史學。他在大寧時期就喜歡戲曲；到南昌以後，除了學道和讀書，還鼓琴弄笛、作書——成為書法家；喜好品茶、下棋、養鶴飼龜、觀看戲曲歌舞。他還喜歡親自動手製作手工藝品：香爐、瓦硯、古琴。可以說，大凡貴族階層所能享有的文化他都愛好。然而，並非愛好這些文化活動的人都會有志於文化建設。孔夫子說過：「知之者不如好之者，好之者不如樂之者。」（《論語・雍也》）這便是朱權大異於其他萬千皇子之處。又可貴的是，他在逆境中仍然保持了早年培養出來的進取精神。再者，可能和他的學道有關。道家重現實、重日用，重實踐，不像儒家，排斥所謂的「奇技淫巧」。所以今人很重視道家對自然科學的貢獻。

凡此種種，不僅僅是一種物質生活方式，更是一種文化生存方式。朱權打破了儒家唯禮樂教化是尊的拘囿，從這種生存方式中獲得物質和精神享受，也培養出他開闊的眼光和兼容並包的胸襟、氣魄和氣度。

當然，兼收並蓄也就帶來了學術研究龐雜有餘而精審不足、粗疏而少嚴謹等缺陷。他的著作中精華和糟粕雜陳，在研究的過程中應該逐步加以鑒別。

（二）重應用而不拘一格

如前所述，朱權並非沒有自己的思想觀念和理論邏輯，但與那些空談性理者大異其趣，其著作大部在今天應歸入應用科學範疇。屬社會學科的那些，也很少形而上的討論。還有一些類書，備檢索用的工具書。它們除實用性之外，同時具有通俗性、普及性和平民性。這在傳統的學者甚至現代學問家眼裏，往往算不上上乘的學術研究。

這種特徵的形成，淵源有自，且貫徹始終。首先，朱權著述的目的不是為個人立功立言，也不是為了藏之名山，更不是為排泄自己的「孤憤」，而就是為了現實有用。他早期的史著，是為了用於政治：「殫惡揚休，為萬代帝王之模範；扶衰救弊，作千載明主之良規。」〔註15〕就是為維護朱氏家族皇權

〔註15〕朱權《通鑒博論》，《四庫存目叢書・史部》，影明萬曆十四年內府刻本。

統治的需要；完成於靖難途中的「類書」《原始秘書》達十卷之巨，搜羅了大量史料，也是為自己家族治國之鑒。具體地說，是向將登大位的朱棣獻言獻策。他在《原始秘書序》中說：

> 故王者不讀是書，不能知歷代得失之由，政治可否之理；輔相不讀是書，不能為國家長治久安之計。蓋自有書契以來，未有如是書之載者，誠不刊之典也。用為家傳授受之秘，惟我子孫，寶而藏之，慎勿外示，以傳非人。〔註16〕

儘管這些話還顯出一份稚氣，但這位才十九歲的藩王對朱氏天下的責任感，流露無遺。

到南昌以後，他的人生方向發生巨大轉折。他不再能過問政治軍事，「以天下為己任」更成為忌諱，他不得不以隱居學道為主要生活方式，他的事業雄心和王者氣概並沒有消弭，而是方向發生了重大轉折。轉向了廣闊的社會和民間，轉向了各個文化學術領域。他的書面對的是各階層不同對象：傳授道家煉度術的《救命索》，是為「以遺學道者為救命之索」〔註17〕。《神奇秘譜》、《太音大全》、《琴阮啟蒙》是為文人雅士習琴樂者提供教材。明初雜劇還在流行，他編寫出版《太和正音譜》、《瓊林雅韻》、《務頭集韻》三種書，是「庶幾便於好事，以助學者於萬一耳。吁！譬之良匠，雖能運於斤斧，而未嘗不由於繩墨也歟！」〔註18〕即為作曲、唱曲者作為規範。在《神隱志》這部表現他隱逸之趣的書裏，既有供退居田園的士大夫物質和精神享受的內容，還有關於如何種菜，如何蓋房等大量農家生產、生活的日用常識，其讀者對象顯然是普通鄉間士紳，甚至村夫民婦。

他這種較為隨意不拘一格的態度，使得他的著作似乎與今人所謂「專著」不合。他從自己的宗旨出發匯輯前人資料，引述有時不標明出處，帶著鮮明個性的己見隨時穿插，有時標「臞仙曰」云云，有時也沒有標誌，顯得不夠嚴密。語言有時也率性而發。

（三）強烈的自我意識

作為皇室子弟，又在年青時就建功立業，朱權的自我意識很強是當然的。後來即使受到壓制，仍然在他的學術生涯中顯現出來。

〔註16〕朱權《原始秘書》卷二，明初刻本，第3頁。
〔註17〕朱權《救命索》，明正統六年龍虎山丘斌重刊本，第3頁。
〔註18〕朱權《太和正音譜》，涵芬樓1920年影印藝芸書社藏本，第2頁。

首先在學術領域的選擇。如果說前面提到的他廣泛涉及多種領域表現出一種「大有作為」的氣概的話，而「有所不為」就更能體現出他的自我意識。沒有經學著作，已經可以看出他的選擇，而對史學的態度則更加尖銳地反映出人生經歷對他學術選擇的影響。他的學術發端於史學，早期的五部著作，全是研究歷史。因為那時他還在熱衷於政治，研究歷史就是以研究過去了的政治服務於現實的歷史。十八歲時，他完成了奉旨寫作的《通鑒博論》，從大寧親自到南京進呈。同時，接受了朱元璋給他的另一項任務：《漢唐秘史》。就在此時，他還自行確定了另一項目：《天運紹統》。據他說，自己「於歷代帝王譜系用心有年，莫得其詳。洪武丙子於御府偶得其所藏帝王圖譜，因與他籍校勘編輯，纂成是書」〔註19〕，便決定整理校勘此書。這幾種書都在靖難期間至永樂初年陸續完稿。但此後──到南昌以後，除了一部列在《明史‧藝文志》史部地理類的《異域志》以外，他一部史學著作也沒有寫。這決不是一種偶然現象。就在完成於永樂六年的《神隱》裏，他曾明確表示了對史學的決絕態度：

> 既居山林，歷代史書或興旺成敗之事絕不可觀，以污其目。但床頭堆數部丹書、治農之策，几上堆數部《黃庭》、《道德》、《陰符》、《周易》之書，陰陽、天文、藥方之策，牆上貼一板曆日，便是林泉下生意也。〔註20〕

讀且不肯，遑論寫作？與早年相比，真是 180 度大轉彎。說明他的「有所不為」是一種人生態度，與他的經歷密切相關。

其次是他在學術著作裏，往往表現自己情感的好惡。有時是或弱或強的情緒化表達，有時是幽默地借題發揮。讀他的著作，常常覺得他就在面前，或者如聞其聲，決不枯燥。比如前面已經談到的他對佛家的態度。這裡另舉一例：

他著有一種醫藥和養生的書《活人心法》，其中有一些是「藥餌」，另一些是「修養」。他列了三十味他稱之為「藥」的，叫：「行好事」、「莫欺心」、「守本分」、「莫嫉妒」、「清心」、「寡欲」……，最後說到「煎服」之法：

> 右三十味㕮咀為末，用心火一斤，腎水二碗，慢火煎至五分，連渣不拘時候溫服。〔註21〕

〔註19〕 朱權《天運紹統》卷首序，明永樂間刻本。
〔註20〕 朱權《神隱》上卷，北京圖書館藏明瑞昌王府朱拱柄刻本。
〔註21〕 朱權《活人心法》，明嘉靖二十年（1541）朝鮮刻本。

還有這樣一副「藥方」，更耐人尋味。它叫「和氣丸」，是這樣寫著的：

> 忍心上有刃，君子以含容成德；川下有火，小人以憤怒殞身。
>
> 專治大人小兒一切氣蠱、氣脹、咽喉氣塞、胸隔氣悶、肚腹氣
>
> 滿、遍身麻痹、咬唇切齒、瞋目握拳、面紅耳赤、忽若火燎。
>
> 已上醫所不療之疾並皆治之，每服一丸，用不語唾咽下。〔註22〕

在這一令人匪夷所思的「藥方」中，我們似乎聽到靖難結束之初他內心不平又要強自隱忍而咬牙切齒的格磔聲。

這裡提一下他的文學藝術創作，對我們理解這個朱權的學術個性是有幫助的。比如「雜劇」是一種社會地位不高的通俗文藝。文人寫作雜劇時雖然不免有自己的人生寄託，但一般都是借題發揮。而貴為親王的朱權卻在雜劇《沖漠子獨步大羅天》中，以本人的生平事蹟——皇子的身份和學道生涯為素材，簡直就可以看成朱權的自傳。這在古代戲劇創作中可說是絕無僅有。又比如，音樂創作雖是抒發作者個人的情感的，但都尚含蓄，作者一般並不直接將其內容與個人生活掛鉤。但《神奇秘譜》中收有朱權自己創作的一首《秋鴻》，不僅以自己的經歷為素材而借用鴻雁形象來表現，並且在前面又寫了一篇《秋鴻賦》來解說，最後還惟恐人不知其為自己的作品，還提示說：

> 或問其作者其誰，苟非老於琴苑，孰能為之揄揚？乃西江之老
>
> 懶，誠天潢之詩狂。〔註23〕

這「西江之老懶，天潢之詩狂」不是他這位住在南昌（別稱西江）的「天潢貴胄」是誰？

回頭再看他的學術著作中自我表現之強，也就不足為奇了。他在《太和正音譜》裏，將自己的「體」命名為「丹丘體」，列在「樂府十五體」之首；在樂府譜式335章中，將自己的作品（署名丹丘先生）列在最開頭，即「【黃鍾】醉花陰—喜遷鶯—出隊子」三曲。這些做法都曾被視作貴族階級的狂妄自大、唯我獨尊。這些批評看似有理，實則是過於淺表的。實際上，這個做法是朱權意圖利用自己親王的社會地位和影響力為全面改善雜劇的藝術質量與提高它的品位，使這一通俗文藝進入高雅文化的行列作出努力的表現。筆者

〔註22〕朱權《活人心法》，明嘉靖二十年（1541）朝鮮刻本。

〔註23〕朱權《神奇秘譜》，中央音樂學院民族音樂研究所 1956 年影印明刊本，第11 頁。

對《太和正音譜》的這一論斷在拙著《寧王朱權》〔註24〕一書及一系列論文中有詳細論說。不贅。

如果說《太和正音譜》中朱權要用自己權威影響一種文化之命運的努力說得還不是十分直接的話，那對《太清玉冊》，他已經說得明明白白了：

> 自有道教以來，三皇建極，五帝承天，其奉天道而修人道者，
> 其教事物有未備，言奧有未宣，制度有未傳，儀制有未正。余乃考
> 而新之，非余則孰能為焉！〔註25〕

「非余則孰能為焉」不是洋洋自得的情緒化語言。作為一個生下來就是「下天子一等」的皇子，而又在政治軍事和社會舞臺上揚威一世，對自己的地位和能量早已經習以為常，他會有那種淺俗的暴發戶心態嗎？他說的是事實，表現出來也是一種社會責任感，而非佔有欲。我們能說所有的自我表現都是不好的，每一個學者都應該只是一個謙謙君子嗎？

四、結語

朱權作為一位皇室子弟，沒有在富貴尊榮的享受和爭權奪利的風浪中消失自我，而是將自己的一生獻給文化學術，他的人生和他的學術留給後人的是無價的財富。歷史上就有不少人為朱權在朱棣政治權謀欺騙壓制而鳴不平，然而就其結果來看，這何嘗不是好事？從歷史評價而言，誰說朱棣的皇帝的冕旒就比朱權學者的桂冠更為輝煌？

朱權生於明洪武十一年（1378）丁巳閏五月朔日，卒於明正統十三年（1448）九月癸巳。今年是他誕生 630 週年、逝世 560 週年。謹撰此文以示紀念。

原載《江西師範大學學報》哲學社會科學版 2008 年第 5 期

附記：本文發表之後，關於朱權生平筆者又有許多新的發現和認識，已在 2013 年出版的《王者與學者──寧王朱權的一生》中作了補充修改。

〔註24〕姚品文《寧王朱權》，人文與社會科學出版社 2001 年版。
〔註25〕朱權《天皇至道太清玉冊》，《續道藏》太乙部，上海涵芬樓 1926 影印本，第
　　　 1 頁。

《寧王朱權》補說

　　拙著《寧王朱權》出版，承蔣星煜、洛地二先生賜序謬獎，感激之餘，不免惶愧。事實上完稿之日，已覺意猶未盡，交付出版又過於匆忙。就在此書面世未及百日，每天都因發現書中新的缺憾而涔涔汗下之際，我又到了一次國家圖書館，得到了意外的收穫。於是更覺如鯁在喉，不吐不快。承胡忌、洛地二主編惠允在《戲史辨》第三輯裏賜以篇幅，命我作點「補說」，「亡羊補牢」是不可能了，但願將一些未盡之意再略申幾句，請學界辨正之。

　　對於這個親王曲學家朱權，過去我們或者因肯定其曲學成就而有意忽略其藩王身份和貴族意識，或者認為藩王身份和貴族意識只是給他的曲學帶來缺陷和不足。把本來渾然一體的社會性事物用化學方法分解之後，分別看待它們的性質和作用，這是長期以來我們的研究方法。這實在有違事物本身的自然規律。在《寧王朱權》一書裏，我想認識一個整體的朱權。一部完整的《太和正音譜》。

　　一部《寧王朱權》，關於戲曲，說的就是一句話：作為貴族的朱權，是在致力改變戲曲的社會地位和歷史命運。在一定程度上他做到了。反而言之，他如果不是親王貴族，可能根本就不會去做這件事。我想進一步申說的仍然還是這一點。

一、以文化領袖自任

　　我們現在把《太和正音譜》看作曲論著作，當然不錯。但我認為朱權首先並不是以一個理論家的思維來撰寫《太和正音譜》的。他是立足於戲曲文化的建設，而這正是因為他是一位藩王。

　　朱權學術活動的領域當然遠不止於戲曲，而是在整個文化領域。我們應該對朱權到南昌以後的全部活動作重新認識。我們過去一貫沿襲歷史家的看法，認為朱權到南昌以後一切都是「韜晦」，即為了避禍，為了身家性命安全；他從事著述，只不過是一種姿態，而不是他作為藩王的一種生存方式和理想追求。是的。朱權首先要避禍。但避禍只需要放棄政治權力的爭奪，並沒有妨礙他在其他方面努力成為一方的領袖人物。在避禍的前提下，作為藩王，他的生活姿態仍然是積極進取的，只是方向由軍事政治轉向了文化建設。其途徑和方式不僅是錢謙益所謂「弘獎風流，增益標勝」，即為別人作序，幫助出版書籍之類，而是自己從事大量著述。他為此付出的是一生，僅僅以「韜晦」怎麼能解釋和評價？

　　首先，對他涉及的學術領域之廣應該怎麼看？是不是僅僅是個人興趣？一個人在文學、藝術、哲學、宗教、醫學等自然與社會科學等十多個領域都從事過著述，僅僅個人學術興趣不可能這樣廣泛。他是在高屋建瓴，著眼於全面的文化建設。

　　其次是他的著述多帶有宏觀性、綜合性和開拓性。過去，即使在《寧王朱權》裏，我也是說他的著作特別是各種各樣的「譜」、「經」、「冊」重在實用，卻缺乏理論高度。其實應該看到這個特點的形成在於他是立足於全局，立足於文化的大面積普及和希望在某些領域繼往開來，因此重在事功，而並不重視個人之「立言」。其言論也許缺少理性思維深度，但整體上卻顯示出宏觀性、綜合性和開拓性的特色。如《通鑒博論》、《漢唐秘史》、《天運紹統》等之於政治歷史，各種文論韻譜之於文學藝術，《神奇秘譜》之於古琴，《原始秘書》之於社會學等等，莫不如此。《太和正音譜》之於戲曲也正是如此：改善戲曲的文化素質，提高其社會地位，以改變戲曲沉淪於社會底層的歷史命運。這顯然不是一個普通文人自命的學術任務和思維方式。

　　特別是他那種「自命不凡」、「捨我其誰」的王者氣概。那是在許多書裏都明顯表露出來的。這裏要談談我最近才見到的《太清玉冊》（全名《天皇至道太清玉冊》）。這是一部為道教編撰的書。朱權在書中闡說了道家思想的性質和內涵，全面介紹了道教的歷史源流，組織建制、規章制度等。他為什麼要做這件事呢？在序言裏他提出，當前「玄風不正」，也就是「偉大」的道教現在遇到了危機：「其事物有未備，言奧有未宣，制度有未傳，儀制有未正。」於是：

　　　　余乃考而新之，非余則孰能為焉！吁！玄風之不正也久矣。余

於是使道海揚波，再鼓排天之巨浪；神光驟發，重開絕域之幽陰。

正所謂望洪濤之曁天，非起於污池之中；睹玄翰之汪穢，非出於章

句之徒，余豈敢自矜者哉！

這實在有「大言不慚」，自我感覺過於良好之嫌，然其大言的心理深處是藩王權力意識。這種權力意識，未始不能理解為一種社會責任感！至少，他以為，振興道教，不是「章句之徒」們所能擔當的，這並不能理解為一種狂妄。

《太和正音譜》何嘗不是如此？朱權以自己的名號「丹丘先生」為一種「樂府體」命名，稱「丹丘體」並列在十五體之首，還將自己的曲作列在曲譜365章之首等等「惟我獨尊」的表現和「捨我其誰」的氣概，都應作如是觀，即利用自己皇族親王的社會地位影響戲曲的命運。

朱權的確缺乏「只有人民才是歷史發展前進的動力」的認識，這當然也不是一個小缺點，但封建社會的帝王將相：秦皇漢武、唐宗宋祖，還有許多大文豪，有幾個是有這種認識的？能說他們對歷史進步沒有貢獻，對民族發展沒有起到推動作用？今天我們已經是民主社會了，但歷史並沒有進步到無須我們的大小官員，承擔文化建設任務。如果我們的上至封疆大吏，下至鄉縣守土官，多少有些這樣的「自命不凡」、「捨我其誰」的氣概，而不僅僅是憑官位在別人的著作中署名，是完全可以為「代表先進文化」做一些實事的。

二、以雅文化為至尊貴

文化是由雅俗兩大範疇，並各有其審美的和社會的價值。朱權以雅文化為至尊貴，認識上肯定有偏頗。他甚至還看不起低俗的文藝，看不起底層的娼優藝人。他沒有「勞動人民最聰明，最具有創造力」的正確思想。這是作為皇室貴族的他的一個重大缺點。但他確實如此的。其言論以對古琴藝術的態度最為極端，可以為例。

除我已經在《寧王朱權》中已經指出過的《神奇秘譜序》以外，還可以引一點他在《太音大全集》裏的話。在該書「琴不妄傳」一條裏他說：

琴之為道大矣，為物貴矣。凡為人師者，必擇慈祥溫裕，天姿

挺秀，文雅卓然者，方可以稱聖人之器而授之。不然雖購千金之資，

不可一顧也。

既以琴為「聖人之器」（這一提法是古代琴家早已有之），不可褻瀆，所以堅決反對他眼中的種種「俗人」染指琴藝。他說：

故琴之不傳有四：喪門（佛教徒）一也，俳優二也，俗夫（「百
工伎藝之人」）三也，薄德匪仁者四也。

他給優伶下了一個定義：

優伶者，乃是樂工賤役之人也。

他還把古代的「伶官」和優伶相區別：

古以太常為伶官，非俳優也。

且古之伶官琴者，非倡優妓夫也。即漢唐神樂之官，郊祀天地
之樂也。後代倡優竊其名者，誠可笑也。凡鼓琴切忌對倡優鼓者，
恐為褻玷聖人之音也。

以倡優為「賤役」，連聽琴的資格都沒有，何況彈琴！這些當然都帶有明顯的
偏見。但是這些偏見是不是完全出於社會地位的尊卑的觀念？恐怕不是，其
很大成分乃在於（廣義的）文化思想。「聖人」就不是一個階級而是一個有豐
富文化內涵的概念。他對佛教徒的輕視來自於對「夷狄」的敵意。還有以「俗
夫」、「薄德匪仁」者不宜於琴，都不能簡單地等同於等級尊卑意識。

高雅文化總體上是掌握在社會上層，主要是文人手中，但高雅文化和貴
族文化並不是一回事，文學藝術的雅與俗是個文化概念，簡單地用社會批判
的方法批評朱權尊崇高雅文化的觀念是不準確、不合適的。

古琴在數千年前就是陽春白雪、知音難求的高雅藝術，它屬於文人音樂
文化，這一事實並不需要作過多證明。而戲曲——朱權時代的戲曲主流，即
元至明初的北雜劇呢？它還處在社會底層，藝術上還屬於通俗文化。當代有
些戲曲史著作認為元代後期雜劇已經「雅化」了，因為他們的文詞比前期文
雅了，華麗了，因而走向衰亡了等等。其實風格的不同——所謂「本色」，所
謂「文采」，並不是雅俗區別的標誌。王實甫的《西廂記》文詞還不夠華麗嗎？
作為文體，是不是雅化了，主要在於它是不是走向了精整規範，走向了定型，
例如詩詞的格律化。這種規範不是在民間由「非常富有創造力」的民間藝人
完成的，而是由文化知識豐富、技巧訓練有素的文化人來完成的。這種精整
化和規範化是一種文藝擺脫不穩定的民間狀態，成為成熟的民族文化的必要
條件。朱權喜愛北雜劇，但又不滿足於它的民間狀態和通俗風格。他希望雜
劇成為一種高雅藝術，於是他編寫了一種「譜」，他還將前人分散的議論集中
起來，形成一種理論規模，他並且將曲的應有審美特徵用許多美妙的比喻加
以肯定……，一切圍繞一個目的：改善雜劇的藝術素質，提高它的文化品位，

最終讓北曲雜劇成為一種高雅的藝術，立足在中國文化藝術之林。

這些意思我在《戲史辨》第二輯裏《審視〈太和正音譜〉在曲體史上的作用》一文已經發表了若干議論，《寧王朱權》第二卷也是以此為中心論點，寫了十餘萬字，現在為什麼又要在這裡重複呢？說來好笑，無論我怎樣論說，肯定《太和正音譜》的價值，一遇到朱權對倡優的歧視——什麼「倡夫不入群英」、「異類託姓，有名無字」之類，我還是吞吐囁嚅，欲說還休。擺不脫「階級侷限性」的韁繩。說他是「階級侷限性」，說朱權有「階級偏見」並沒有錯，問題是和朱權《太和正音譜》的基本宗旨有什麼關係？難道朱權要使北曲雜劇規範化、高雅化，要讓它成為文人的藝術，貶低倡優的作用，甚至將他們排除在合格的創作隊伍之外，不是再自然不過的事嗎？

其實點穿了，並沒有幾句話好說。而關於低俗、通俗和高雅文藝的關係，它們的性質和地位，以及對他們的評價種種，不是本文所能盡言的。只想說一點：朱權以高雅文藝為至尊至貴，固然有偏頗，但不是一點道理也沒有的。

三、再「補說」——《北雅》的啟示

最近我在國家圖書館還讀到了萬曆三十年黛玉軒刻本《北雅》。《北雅》是張萱用幾個《太和正音譜》版本互補而成的一個《太和正音譜》新版本。《中國古典戲曲論著集成三·太和正音譜》的整理提要中提到這個版本而沒能清晰和充分介紹。介紹這個版本也不是本文的任務，這裡只涉及馮夢禎在該書序言中的相關內容。他說：

> 北詞大都出金元名筆，以聲調為主而詞副之。詞有工拙而音調
> 無不協。本朝王渼陂初作北詞，舉似善唱者曰：「詞則佳矣，謂音律
> 何？」於是渼陂習唱三年，遂以填詞顯。今之人如留心音調，此書
> （即《太和正音譜》）其金科玉條也。

這段話說明元代的北曲是以聲調（唱）為目的的，金元北曲家們所作曲「音調無不協」，寫的曲都可以唱。這是因為金元作者都是文化人，又生活在那個時代，懂得唱法，所以能夠寫出可唱的曲。換言之，是建立在感性認識基礎上的。當時並無嚴密的理性規範，沒有總結出唱法規律，所以無所依遵，難以為繼了。後人寫的曲不能唱，北曲不就要衰亡了嗎？要寫出質量高的能和金元人比美的作品，使北曲繼續發展，一部指導、規範唱法的譜本豈不是太重要了嗎？《太和正音譜》在明初即應運而生，至少在嘉靖時的王渼陂，找

到了《太和正音譜》，有了依遵，寫出了文律俱佳的北曲作品，赫然大家。

以下馮夢禎寫到了萬曆年間，他的朋友張孟奇（即張萱）的黛玉軒一向唱南曲，後來也好聽北曲。但當時流行的北曲是不很「雅」的，張萱為北曲的雅化作出了貢獻。其最大的舉措是出版《太和正音譜》，並將其改名《北雅》，以突出這部書的性質和作用。馮夢禎寫道：

> 此涵虛子之《太和正音譜》也。名《北雅》者何？曲則非雅；
> 曲而文且弦而歌之，中宮商焉，雖曲而亦雅也。夫南亦有雅，言北
> 以別南也。

但此時有點偶然的因由，那就是張萱有一個非常寵愛的家姬會謳彈（北曲器樂），後來在《太和正音譜》的幫助下學唱北曲，唱得非常好。不幸不久後她就死了，所以張萱出版這部書也是為了紀念她：

> 黛玉軒，操南音者也。解北曲乎？而梓之者何？寄悼也。何悼
> 耳？軒之主人有侍兒焉……

馮氏關於這位原來會謳彈的侍兒學習唱北曲的過程，對於我們認識《太和正音譜》的性質和效能更為具體：

> 歲丁酉，主人計偕攜之燕中……時鄰媼琵琶有能為諸王侯屏後
> 師者，兒笑謂主人……試一習之乎？乃進媼鄰，第本領既雜，兼帶
> 邪聲，所歌之詞又多俚語，主人厭之，因博求諸古名家樂府小令，
> 始得《太和正音譜》，畀鄰媼習之以授兒。兒故通翰墨，穎悟絕倫，
> 一聞媼歌輒能不煩數豆，無待繫指，按譜求調，按調求弦。調不中
> 譜則有易音，無易調；譜不中弦則寧改弦，無改譜。媼既明腔，兒
> 猶識譜，四手如一，兩聲後諧，既鮮戾弦，亦微澀嗓。凡兩逾月，
> 一聲不失，而是數之落者綴，誤者刊，即周郎復生，無煩顧矣。

可見當時社會上流行的北曲仍然是帶著「邪聲俚語」的低俗文藝，而有識之士依賴《太和正音譜》則可以將北曲改造成雅馴的高層次的文藝。

這雖只是一個個案，但當時的藝界應該不止一個黛玉軒主人罷？《太和正音譜》在何種程度上對整個北曲以至整個戲曲發展發揮作用，筆者在《寧王朱權》第二卷和《審視〈太和正音譜〉在曲體史上的作用》一文已經有所論證，這裡不再多說。

原載《戲史辨》第三輯，藝術與人文科學出版社，2002 年

文化鉅子——寧王朱權漫話

　　在 2004 年第 1 期《人傑地靈》上讀到周興發先生的大作《發掘歷史文化內涵》一文非常激動。文章是對拙著《寧王朱權》（藝術與人文科學出版社 2002 年出版）的一篇評論。激動主要並不來自文章中那些令我慚愧的嘉譽，而是因為六百年來頗有些寂寞之感的寧王朱權，終於在今天的南昌——他的第二故鄉又找到了知音。周先生謬獎拙著，是因為我的書向大家介紹了這位歷史文化人物。

　　說朱權「有些寂寞」是相對於他曾經有過的顯赫地位、巨大影響和貢獻而言。他是一個皇子——親王，有著傳奇般的人生經歷，在明初一段歷史上留下過一行抹不去的足跡。他更是一個在文化領域有過突出貢獻者，他的許多創造至今活躍在文化領域，發揮著無可替代的作用。而數百年來，對他有研究興趣者很少，作出客觀公正和全面評價者也不多。這多少有些讓人難以釋懷。

　　朱權是明太祖朱元璋第十七個兒子。生於洪武十一年（1378），即朱元璋即帝位十年之後。作為皇子，自呱呱墜地就注定了他安享富貴榮華的人生。但朱權的一生雖然也伴隨著富貴，更多的卻是艱辛和付出。他十四歲封寧王，十六歲就藩大寧（今內蒙寧城一帶），擔負守邊重任。十八歲奉旨完成了他畢生第一部史著《通鑒博論》（今存，已收入《四庫全書存目叢書》）。他從小勤奮好學，尤喜讀史。不僅有良史之才，而且有將帥之能。在朱元璋設置的防禦殘元的北方防線上發揮了重大作用並以「善謀」著稱。這個文武雙全的皇子在二十六個兄弟中，受到父親特別的鍾愛。

　　但是，皇族子弟卻往往會陷入常人不可能遭遇的困境。在皇位繼承權面

前，有的可能想入非非躍躍欲試；有的自己不想奪權也有可能被別人拉下水，捲進殘酷複雜的奪權鬥爭。朱權就是後一種情況。朱元璋死後，皇孫朱允炆即位，就是建文帝。他聽了幾個大臣的意見，說是現在的十幾個藩王權力太大，又都是長輩，將來肯定無法控制，所以要對藩王實行削奪。建文帝聽從這個意見開始了大規模行動。許多已經削奪成功，只有燕王朱棣反抗，發動了反對朝廷的「靖難之役」。而朱權呢，他既是建文帝削奪的目標，又是朱棣靖難的後顧之憂，處在兩面鋒刃之下。朱棣決定化害為利，拉攏寧王。他先是以「事成，當中分天下」為誘餌，後是剝奪其自由進行挾持，迫使朱權參加了三年靖難戰爭。

「靖難」成功，朱棣當了皇帝——就是後來的明成祖。此時的永樂皇帝當然不可能兌現「中分天下」的承諾，還害怕朱權挾功對自己構成威脅，所以對他進行壓制。在這種情況下，朱權被改封到了南昌。

永樂二年（1404）二十六歲的朱權來到南昌，到正統十三年（1448）七十一歲去世，四十餘年他都沒有離開過這裡。雖然南昌城內有寧王府，西山還有別墅，每年有固定的「祿米」，但朝廷對他始終放心不下，政治上壓制他，經濟上限制他。為消除朝廷的疑忌，他必須處處小心翼翼，以保自己和家庭的安全。所以他「安富尊榮」的王爺生活是大打折扣的。但他沒有因此碌碌無為，而是給自己創造了另一種輝煌。

朱權在南昌的生活有兩大重心：一是學道，一是從事文化研究和建設。史家常把他的這種方式稱為「韜晦」。「韜晦」就是把真實的目標追求掩藏起來，伺機東山再起。三國時期劉備種菜解除曹操對他的疑忌便是「韜晦」。當時的朱權，無論是客觀條件還是主觀意願，都不存在爭奪皇權的可能。按制，當時的親王在藩國是「守土而不臨民」的。就是享受當地供奉，並沒有干預地方行政的權利。他便為自己開闢了一片新的天地：把自己的全部才智和精力用在了文化建設上。大學問家錢謙益說：「江右俗固質樸，儉於文藻，士人不樂聲譽。王乃增益標勝，弘獎風流。」（《列朝詩集小傳·寧獻王朱權》）也就是說，當時的江西地方文化比較落後，朱權利用自己親王的地位和影響，提攜當地的文人，支持地方的文化事業，為南昌和江西地方的文化發展做了很大努力。

朱權的文化貢獻現在還沒有得到充分的研究和肯定，但只要舉出他的著作數量就能使人震驚：他個人編著的書籍近百種（在《寧王朱權》出版時，我

還只知道七十多種，兩年來，又發現了二十餘種）。請有興趣的先生們翻一翻《二十五史》裏的《諸王傳》，有哪朝哪代的皇子有過這麼多的著作？此外他還利用王府的刻書館，刻印了許多古籍，為南昌地方的文人刻書、寫序者有幾十種之多。所以我在這裡稱他是「文化鉅子」，應該不算誇張。

他的著述價值如何？要在這樣一篇短文中作全面評述是不可能的，這裡僅略舉數例以窺一斑。比如，中國至今還只有兩項聯合國承認的世界口頭和非物質文化遺產（全世界至今也只有四十幾項），一是古琴，一是崑曲。而這兩項都與朱權的貢獻有關。

先說古琴。朱權是一位琴藝極高的古琴演奏家，還是一位古琴製作家。更主要的是他編輯出版的古琴曲集《神奇秘譜》是現存的中國最早的古琴曲集，對後世影響很大。現在中國傳世的古琴譜很多，大多從《神奇秘譜》中得到過滋養。古琴藝術現在已經傳揚到全世界，凡知道中國古琴譜，幾乎沒有不知道《神奇秘譜》的。

崑曲，是真正中國的民族戲劇藝術。崑曲的唱法保存了「依字聲行腔」的中國民族唱法。最先將這種唱法用「曲譜」的形式固定下來的是朱權的曲學著作《太和正音譜》，它給後來曲譜的發展及按譜製曲開了先河。

《神奇秘譜》和《太和正音譜》兩種書的價值僅用「與世界遺產相關」是難以表述的，因牽涉到的問題學術性太強，這裡不便多說。

朱權還是一位熱衷於自然科學的人。他在這方面有許多著作，現在都還沒有得到研究和評價，這裡再提一兩種。明代大醫藥學家李時珍和他的藥學巨著《本草綱目》為大家所熟悉。《本草綱目》曾經引用到朱權著的《庚辛玉冊》，《庚辛玉冊》是朱權著的一本關於煉丹的書。丹藥有一定醫藥意義，更重要的是與化學相關。曾經有國際上研究中國自然科學史的學者認為《庚辛玉冊》是中國最後的一本煉丹著作，可惜這本書目前還沒有被發現。他還有一種著作名叫《神隱志》，其中大量輯錄了關於農業種植、養殖和農村家居生活知識。這些對中國自然科學和社會學研究都富有意義。

道教是地道的中國宗教。從東漢發展到明代有上千年的歷史，對中國文化有著全面深入的影響。但到元末明初，道教內部發生了許多混亂，對社會也產生了不良影響。朱元璋曾經進行整頓道教，但由於制度方面幾乎無章可循，整頓有不少困難。朱權適應這一需要寫了《天皇至道太清玉冊》一書共八卷（簡稱《太清玉冊》，收在《續道藏》），其中對道教的基本思想和道門儀

制、文物、衣冠、禮樂等相關制度都有詳細的歸納和敘述,現在許多研究道教的著作都大量引用。一般讀者只要上網就可以查到這本書。

上面這些只是我們能夠知道的他的事業的一部分。但就是這些,也是要付出極大的心血和精力才能完成的。朱權在處境並不特別優裕和順利的情況下樂此不疲,終於給後人留下了這麼多寶貴遺產,從古至今,有幾人能夠做得到呢?作為一個貴族文人,他的這種精神不也是難能可貴的嗎?

朱權家族和朝廷的矛盾終於還是爆發了。那是在正德年間,朱權四世孫、四世寧王朱宸濠造了反,結果被鎮壓下去,王爵被除。族人殺的殺,逃的逃,留下的零落衰殘,直到數十年後才多少恢復了一些元氣。所幸有始祖寧王留下的流風餘澤,到嘉靖、萬曆年間,南昌的朱氏家族又獲中興,出了許多文化名人。現在大家都知道的是大畫家八大山人朱耷,其實除他外,還有以朱謀㙔為首的學者、詩人、書畫家數十人見諸史冊。與朱元璋其他宗支相比,朱權後人在文化方面的建樹是突出的,不能說這與始祖朱權開創的家風沒有關係。

儘管如此,還是不能說朱權的聲名沒有受到這次政治風浪的衝擊。此後「寧王朱權」名號不大被提及,作品刻印傳播不再那麼容易;加上他的別號很多:臞仙、涵虛子、丹丘先生、南極老人等等,他的著作都以這些別號流傳,慢慢人們都不知道他們就是聲名顯赫的寧王朱權。入清以後,朱氏皇族受到的掃蕩就更不用說。這些應該是他身後寂寞的一個政治背景吧。除此之外,還有學術上的一些原因,比如說他對當時的顯學——經學不感興趣,到南昌以後也絕對不再染指史學,文學方面他的愛好主要在戲曲,戲曲在當時是不入正統文學之流的。作為親王,他不會以此揚名。他的雜劇作品都署名「丹丘先生」,這是別的著作都不用的名號。其他著作道家、農家、醫家和藝術等等,在儒家文化占絕對統治地位的時代都難以取得很高的學術地位。如果明清時代他就出了大名,現在他的處境當然要好一些。

時間到了現在,當年的政治和學術背景當然不存在了,但又有新的政治和學術背景。二十多年前,一個貴為皇族的剝削者,會得到怎樣的評價自不必說,有一個學術上的原因我以為發生在我們這個時代是難免的,那就是朱權的著作涉及面太廣,而我們現在學術研究分科意識太強,每一學科往往只涉及他一種著作,所以看不到也用不著去看他的全面成就。這就使得他不免被忽略和冷漠。這實在是令人遺憾的事。

　　江西人常自豪地稱我們是「物華天寶，人傑地靈」，不錯，陶淵明、歐陽修、王安石、曾鞏、湯顯祖……歷史上一流的「人傑」可以數出一大串。可是他們哪一位是南昌人？朱權不是出生在南昌，但卻是在南昌生活了大半輩子的人，他的著作和其他文化貢獻絕大部分是在南昌完成，死後遺骨也留在了南昌（西山腳下有朱權墓）。他還有大批後人至今生活在南昌，參與著新南昌的建設。朱權應該是南昌人的驕傲。發掘朱權的生平事蹟，弘揚他的精神，研究和利用他的成果等等，我們南昌人責無旁貸。這也是我們建設「文化南昌」的一種難得的資源。我看到了南昌市旅遊地圖上標注著「寧王墓」，但現在保護和開發得怎樣？1999 年我曾經陪同一位美國研究《神奇秘譜》的古琴家朋友湯普遜（中文名唐世璋）去看過一次，情景有些慘淡，過程和感受我在《寧王朱權》第一卷末有兩則《附記》作了記錄。這裡只將後一則《又附記》錄在這裡，作為本文的結束：

　　　　我在這本書的修訂工作還只進行到一半的時候，唐世璋先生從美國寄來了他 20 年辛勤努力的成果──他自己演奏和刻錄的《神奇秘譜》光盤，整整六張。光盤背面的彩色圖畫據他說是一位朋友（Edgar Francisko）的作品。我想應該是他根據自己學習與參觀的印象，參考攝製的照片與朋友共同設計的，其中融注了他對朱權的理解和情感。近景是兩根華表柱，中間一條小路彎彎曲曲通向陵墓，這是實景。墓門設計成琉璃瓦頂，這就屬發揮想像了。真實的是一間五十年代建築的現代規制然而頗為簡陋的小屋。最大膽的構思是滿山遍野山花爛漫，一片鮮紅艷黃。這給一直有些黯淡心理的我一些鼓舞。特別是看到蔚藍的天空翱翔著幾隻展翅的秋鴻。鳥是白色的，我想應該是鶴，但唐先生在信中說畫題名《秋鴻飛進朱權墓》。我理解，這是對朱權擁有琴曲《秋鴻》著作權的肯定。我現在一面打字（當時我正在寫《寧王朱權》一書），一面聽著他悠揚的琴聲。對古琴音樂我是外行，但心裏仍然充滿感動：朱權在又一個新的世紀裏，在世上尋覓到了知音。

　　　　　　　　　　　　　　　　　　原載《人傑地靈》2005 年第 1 期

朱權的奉道尊儒斥佛

　　寧王朱權（1378～1448），朱元璋第十七子。初封大寧（今內蒙赤峰市寧城縣大明鎮），後參加燕王朱棣靖難。永樂元年改封南昌。他到南昌後隱居學道，道號南極沖虛妙道真君。在道教文化建設方面有過重要貢獻。關於朱權脩道生活，我在《寧王朱權與道教》（《龍虎山道教》2003 年第 2 期）、《生於黃屋之中，心在白雲之外》（《龍虎山道教》2007 年第 2 期）兩篇文章中已經做了介紹。現在主要談談他思想傾向上的奉道、尊儒、斥佛。

　　儒、釋、道三家的高下，是個由來已久的社會、宗教、政治、思想和學術的命題。從歷史角度看，三者的價值實際上是隨著統治者的需要浮動的。總體趨勢是由於儒家有利於封建秩序穩固的功能日益顯著，釋、道便向儒家靠攏，日趨合一的大勢已在明初形成。統治者以儒為主，三教並用；在普通人的眼裏，釋與道的界線也逐漸模糊起來。雖然三者仍然存在爭勝的一面，但許多宗教徒和普通信眾並不熱衷於相互排斥。

　　可是朱權的態度卻十分鮮明而執著——甚至是偏執，我將其歸結為信奉道家，尊重儒家，排斥佛家。雖然他的理論闡述不多，但在《原道》〔註1〕一文中卻有簡潔而明確的表述。下面我們主要從《原道》中對他的三教傾向作些闡述。

一、道教至大

　　他對道家與道教的推崇可謂達於極致（在他觀念中，道家與道教一體）。並從哲學和文化兩方面有所闡述：

（一）道教奉「天道」，以天為主

　　在《原道》中他說：

〔註 1〕朱權《天皇至道太清玉冊》卷首，明萬曆十三年張進刻本。

《周書》曰：域中有四大，曰道大、天大、地大、王大。三界之內，大無加於此也。孔子曰：生而知之者上也，學而知之者次也，困而學者又其次乎！凡有修有為之法，聖人之所不取，故不為大，況非在開闢與天地並立而有者乎！是以道教以天為主，曰天道者，何其盛歟！

朱權正是在「宇宙本原」的意義上認識「道」的。道教的起點正是天。還有比天更大更高的嗎？所以「道」便有真理的不可超越性。用現代人的觀點看，也已經非常接近真理。因為道家所謂的天，就是宇宙和大自然。可以說朱權的道教信仰是建立在世界觀的高度上的。

也因此，在朱權心目中，道教創始不在東漢，而在三皇時代，即人類智慧初開，對天有了意識的時候。他說：

其道在天地未分之先所有，其教在三皇之世所立，又非孔子所謂後世有述焉，異端起而大義乖也。

（二）道祖黃帝和老子是道教也是中華文化的締造者

他對道的尊崇，也表現為對黃帝、老子的尊崇。他並不把他們當作神。他強調黃帝是華夏文明和文化的締造者，也就是今天所謂「人文初祖」。所以其功至偉。他說：

稽夫道教之源，昔在混茫始判、人道未備，天命我道祖軒轅黃帝，承九皇之運，乘六龍以馭天，代天立極，以定三才。

當是時也，天地尚未昭晰。無有文字，結繩以代政；無有房屋，巢居以穴處；無有衣裳，結草以蔽體；無有器用，污尊而抔飲。我道祖軒轅黃帝始創制文字，製衣服，作宮室，製器用，而人事始備。今九流之中，三教之內，所用之文字，所居之房屋，所用之器皿，皆黃帝之始制，是皆出於吾道家黃帝之教焉。

其次是老子。他說：

且夫生天生地生人生萬物。必有所生者，曰「吾不知其名，強名曰道，強字之曰大」，故曰大道；其教曰道教，世方有「道」字之名。以是論之，凡修道學道者，是皆竊老子之言，以道為名也，豈非老氏之徒乎？

又說：

又若老子所謂「玄之又玄，眾妙之門」。「玄」、「妙」二字，又

> 皆竊之為名，用之為經者，是皆用老子之言也。

他認為老子是「道」的發現者、命名者，還是「玄」、「妙」等重要哲學概念的建立者，所以道教應該尊崇老子。

可以看出，作為宗教徒的朱權，儘管有長生久視即成仙等觀念以及相關的宗教實踐，但他絕不是一個盲目的迷信者。他是以深邃的哲學思考，和對華夏文化的理解尊崇為奉道的內涵的。

二、儒道一理

他指出儒道在思想道德觀方面的一致性：

> 不毀形，身體髮膚，受之父母，不敢毀傷，孝之始也。得其道者，白日上升，飛騰就天，以顯父母，孝之終也。不去姓，不忘其親，不滅其祖，人子之孝也。朝修有儀，行君臣之禮，臣事上帝，人臣之義也。讀聖人之書，行聖人之道，循乎禮義，儒道一理也。

這裡儒道合一思想再明顯不過了。現在已經不是老莊時代，中國傳統文人，沒有不深受儒家影響的。更應該指出的是：朱權尊儒，重在倫理道德，不是因為儒家強大的政治統治功能。他仍然是從道教起源之久與起點之高為說，認為道家思想和道教教義具有真理的原創性，不會被後人曲解，自然優於儒家。

三、道釋之別與華夷之分

他的「斥佛」傾向特別值得關注。因為這是朱權宗教思想傾向中的一個鮮明特點。先看一些事例：

建文年間編輯、永樂九年刻印的以「永為家傳授受之秘，惟我子孫寶而藏之」的《原始秘書》中，在「君臣德政門」的「三教」一條中他解釋什麼是「三教」，先引漢人「夏尚忠，商尚敬，周尚文」的說法後說：「此三代之教也，非以喪門擬中國儒道為三教。」也就是說，他根本不承認佛教有與儒道並列的資格。甚至連稱名都很少用「釋」、「佛」這樣的通名，而是以「喪門」稱之。「喪門」原作「沙門」、「桑門」，是「僧」的音譯。改為「喪門」，乃是用了星命家用來稱凶煞星「喪門星」的稱呼；用「喪門」指稱佛教，則是朱權的發明。他稱歷史上的君王好佛為「好喪門」。如以漢楚王英和梁武帝為人所殺，北齊胡太后因通僧曇謨被殺，都是「好喪門」的惡果。他以「僻喪門」為君王德行之一。稱魏武帝是「卓然有為之君」，因為他能夠「誅除喪門」。引《魏書》李瑒上書說：「佛教乃鬼教也，安得棄堂堂之政而從鬼神乎？」在「迎佛骨」

一條中說「史謂唐憲宗迎胡人枯骨，僻韓愈之諫，不一年為宦官所弑」。可以說在涉及歷史事件的文字和史學著作中這種情緒化表達字裏行間比比皆是。

在文學藝術類著作中同樣也有：

他給胡儼的《頤庵文選》所作序中，讚揚胡儼「無一字為浮屠之說」是「得儒者之正」：

> 近世儒者有作浮屠文碑記張皇詖誕之說，以詔其徒，以隆其事，以為博學，以斅名教。孔子所謂尊吾道而斥異端者安在乎？宋太宗所謂孔門之罪人，宜矣。今是詩五百三十餘篇皆得詩人之體，而其言無一字為浮屠之說，得儒者之正。孟子曰：「我知言。」吾故於是詩有取焉。使後之作者不流於淫辭詖說，則亦可以思無邪矣。

這完全是一篇闡發儒家詩教，詆斥佛家的議論。文中的作浮屠文碑記之「近代儒者」當有所指。他標舉孔孟以至「濂、洛諸儒」的理學，尊之為「開萬世至中至正之道」，而對標榜佛家者，斥之為「張皇詖誕之說」，高下之無啻天壤。

在戲劇領域：如《太和正音譜》的劇論中，他對元芝庵「三家之唱」作了發揮，鮮明地比較出他對三家的態度。芝庵在《唱論》中說「三家所唱，各有所尚：道家唱情，僧家唱性，儒家唱理」，並無臧否之意，而大段引錄《唱論》的《太和正音譜》在這裡加以發揮：「古有兩家之唱，芝庵增入喪門之歌，為三家。」「道家所唱者，飛馭天表，遊覽太虛，俯視八極·志在沖漠之上，寄傲宇宙之間，慨古感今，有樂道倘佯之情，故曰道情。」「儒家所唱者性理，衡門樂道，隱居以曠其志泉石之興。」「僧家所唱者，自梁方有喪門之歌，初謂之頌偈，『急急修來急急修』之語是也。不過乞食抄化之語，以天堂地獄之說愚化世俗故也。」他將道家之唱描繪為極崇高的境界，對儒家之唱也並無貶意，不過他只提「衡門樂道」，即儒家那些「舍之則藏」者唱其心志，實與道家有相通一面的歌曲，並不談廟堂大樂。至於僧家之唱，則說是由芝庵增入，似乎本來是不入流，不足與另兩家並列的。而且稱之曰「喪門之歌」。「喪門歌」之稱始於南北朝，指的是人死之後祭儀上的輓歌，當時有僧徒專事此業。所以倒也不是朱權的杜撰。但他用來指所有佛教歌曲，更貶之為「乞食抄化之語」。

《太和正音譜》的「雜劇十二科」，其排列次序先後是暗寓褒貶的。他以「神仙道化」為第一，儒道相通的「隱居樂道」為第二，儒家道德觀念為主導的「披袍秉笏」、「忠臣烈士」、「孝義廉節」等科目次之，而以「神佛雜劇」殿尾，並易名為「神頭鬼面」，可算「春秋筆法」了。

還有涉及繪畫的，《神隱志》中有「掛畫」一條，居然也有：

> 凡畫上有胡家、喪門之事，高人忌之，草堂琴室之中，恐瀆污清氣也。

音樂方面，朱權視琴為神聖之物，在《神奇秘譜序》中說琴「獨縫掖、黃冠之所宜」。「縫掖」是代指儒生，「黃冠」是道士的代稱，沒有和尚的份。

朱權對道的正面論說，而及於釋家者，主要見於《原道》一文：

> 中國者，居天地之中，得天地之正氣。其人形貌正，音聲正……其徒，中國者列之於上，外夷者列之於下。教有先後之別，人有夷夏之分、貴賤之殊也。其女真之修道也，不出閨門，不群聚於宮觀，不藏匿於女男，衣裳有辨，教無邪僻也。不以因果報應之說惑世誣民也；不以捨身、捐資、布施為福，逼人以取財也。不悖所生之天，不忘所生之土，生於中國，奉中國之道，不忘乎本，理也。反此道者，則不正矣。其教也，施諸四海，行諸天下，極天所覆，極地所載，日月所照，霜露所墜，凡有生之民，所稱之道，所用之字，所服之衣，所居之室，所用之器，皆吾中國聖人黃帝老子之所製也。
>
> 豈非皆出吾道教哉！

從這段話中，可以歸納出他觀念中佛道之別的幾個側面：

一是「夷、夏」之別。道教是中國人創始和信仰的宗教，說的是中國話，穿戴的是中國衣冠，頭腦裏是中國先王傳下來的思想。所以「中國者列之於上，外夷者列之於下」，這叫「不忘乎本」：

> 其教也：不異言，非先王之法言不敢言，是無翻譯假託之辭也；不異服，非先王之法服不敢服。所服者，黃帝之衣冠，是以有黃冠之稱也。

這裡的「夷、夏」之別說的是事實，「列上、列下」在情在理，沒有偏見和個人情緒。

二是先後之別。既然道教創於人文初始，當然列於所有其他宗教之前，包括他尊重的儒家。所以倒也算不上偏見。

三是邪正之別。道教從形貌、聲音等先天素質到後天的服飾文字等都是「正」的。相反的那些「群聚於宮觀，藏匿於女男」，「以因果報應之說惑世誣民」、「以捨身、捐資、布施為福，逼人以取財」當然是「邪」，這邪，不明指佛教嗎？這裡的邪正即「夷、夏」，褒貶之意昭然。

　　四是貴賤之殊。這貴賤是綜合上面幾個方面得出的。以「貴賤」來褒貶「夷夏」更帶有偏見而失準了。

　　朱權的心目中至高無上和無比優越的華夏——中國，並非是「大明王朝」的同義詞，而是「極天所覆，極地所載，日月所照，霜露所墜」，即自古以來之中國、普天之下之中國。作為大明的一位皇族，實在難得。飽受夷狄侵擾之苦的中原華夏民族，早就形成了「尊華攘夷」的概念，並非自朱權始。在一定背景下，正是一種愛國情懷。但因華夷民族矛盾而遷怒於胡夷的一切方面，包括宗教的所有行為，自然是偏頗有失精準的。

　　我以為這種傾向與朱權早年曾在大寧與胡元殘部作戰的經歷大有關係。從少年氣盛的時期開始，耳聞目睹胡元的野蠻行徑與敵對行為，親歷與他們作戰的艱苦卓絕，使他對所有的胡人懷著敵對情緒，並延伸到一切外來事物，包括他們的宗教，都懷有敵意，應該是可以理解的。雖然他的敵人並不是早已滅亡的遼國和契丹人，但他們同樣是胡人，同樣與漢族政權有敵對的歷史。他所在的大寧曾是遼的中京——政治經濟文化的中心；遼代佛教大盛，大寧寺廟極多。至今尚有幾座佛塔遺存，明初一定更多。日日身處其間的朱權，豈得不反感？在明初，這種將佛教與胡夷相聯繫的情緒並非朱權個人所有。與朱權同時代的詩人唐之淳曾在大寧小住，寫有一首題作《大寧》〔註 2〕的詩，詩中的「中華」意識和對遼的反感敵對情緒也顯而易見：

　　　　遼時昔有國，憑陵我中華。中華豈無人，豢養如龍蛇。噬膚尚靡顧，稱謂殊等差。皮幣歲不足，視之若塵沙。峨峨大寧城，蕭后之所家。晚節穢中菁，牝雞鳴日車。秦國乃猶子，貴寵莫與加。作嬪帝王室，而乃事毗耶。範鐘創塔寺，祝壽期無涯。迨今四百秋，變滅隨雲霞。碑文蝕土翳，隧道生蓬麻。萬室無一塵，安能恤其他。空餘壞雉堞，日夕啼寒鴉。仰懷慶曆間，蹢躅以興嗟。

詩中對遼的一代雄主蕭后，以及「事毗耶」，「範鐘創塔寺」等崇佛傾向和行為都是批判的。朱權的偏激情緒不會與此無關，當然與他個人性格——激情有時超越理性也有關係。

原載《龍虎山道教》2011 年 3 期

〔註 2〕《唐愚士詩》卷一，見《四庫全書》本。

寧王朱權與道教

　　明初有一位與道教關係密切，對道家文化作出過很大貢獻的皇室成員——寧王朱權。

　　朱權是明太祖朱元璋的第十七子，生於洪武十一年（1378）。初封大寧（今內蒙寧城一帶），封號寧王。1403年朱棣奪取建文帝朱允炆的政權即帝位後，朱權改封南昌，封號不變。正統十三年（1448）卒，諡號「獻」，史稱「寧獻王」。他在南昌生活的四十餘年，雖然沒有脫離王侯的地位和生活，但是卻以著述和修道為主要生活方式，成為了一個文人兼道教信徒的親王，對道教，對中華文化作出了很大貢獻。

一、修道與神隱

　　據記載，朱權從小受父親的影響，有好道的傾向。但他十六歲就藩大寧，作為一個青年藩王和軍事統帥，率領著數萬軍隊，辛勤地執行著父皇賦予的與幾位兄弟共同守衛北方疆土抵禦殘元勢力入侵的重任。這一時期「好道」不可能更多地影響他的思想和行動。建文元年（1399），他的命運起了重大變化：燕王朱棣發動「靖難」，挾持他參與其事。還欺騙他「事成，當中分天下」。1403年朱棣做了皇帝，卻只將他改封南昌。又對他十分不放心，從永樂到正統四朝，對他都實行嚴密監視和壓制。他不得不處處小心以免遭不測。於是他採取了退隱的姿態。他把自己的退隱方式稱之為「神隱」。什麼是「神隱」呢？他在他寫的《神隱志序》中說自己是：

> 以有患之軀，遁乎不死之城，使吾道與天地長存而不朽。故生於黃屋之中，而心在於白雲之外；身列彤庭之上，而志不忘乎紫霞

之想。泛然如浮雲，颯然如長風，蕩乎其無涯，擴乎其無跡。洋洋焉，惝惝焉，混混焉，與道為一。若是者，身雖不能避地，而心能自潔，謂之「神隱」，不亦高乎！

可見他所謂神隱，就是不離開黃屋彤庭——親王貴族的地位和生活，但在精神上超越世俗，遠離塵世的人我是非，與白雲長風為伴，以無限廣闊的胸襟和心靈，與渾然一統的大自然相通。這樣的歸隱就進入了「道」的崇高境界。道家思想理論曾經是中國歷代許多文人特別是失意者的精神支柱。他們在現實中受到挫折，或者是正統的儒家思想不能解決的問題，這時道家思想會在一個很高的哲學層次上給他們以啟示，不僅使他們在精神上得到撫慰和平衡，而且讓他們做到避開現實中的鋒芒，在一種新的人生境界中維持著對生命的熱愛和信心，通過其他的途徑實現自己的人生價值，並對社會作出貢獻。當然道家思想不是道教教義，神隱也不是道教的宗教生活，但它們是通向道教的。朱權是在很高的思想層面上進入道教的宗教生活，成為了一個虔誠的道教信徒。

朱權並不是如一些學者想當然地推測，僅僅是實行韜晦，即以修道為政治野心作掩護，或者至少是僅僅為了避難。他是真實地在修道，這在他的著作中處處可以得到驗證。宣德七年（1435）他請示朝廷得到欽准修建了一所修道的宮觀南極長生宮。建成後朱瞻基欽賜匾額。今存華表上刻有「皇明天曆正統歲在壬戌十二月十六日南極沖虛妙道真君主永鎮是宮與天長壽」字樣。也可見他這一年已被敕封為「南極沖虛妙道真君」。此後他在著作中署名常用此號，如正統九年的《太清玉冊》。（所以有的著作說他封此道號是在景泰二年是不確的。）朱權死後不著親王冠服，而以道裝入殮。

二、與各教派的關係

明初道教宗派很多，朱權似乎並不拘守一派。雖然我們並不知道他學道、入道的具體途徑，如有無師承，但知道他與各教派都有過關聯。

首先是正一道派。由於朱元璋對道教的重視，曾一度衰敗的天師道明初得到重振。以朱權自幼年以來對道教的熱烈傾向，他到南昌後和相距不遠的貴溪龍虎山關係密切是不言而喻的。朱權相信符籙，他晚年修道之所南極長生宮前的華表柱上刻有多道符籙，至今尚存。他與當時的天師也有密切往來。在數百年來流傳極廣的一種童蒙讀物《千家詩》（署名謝枋得編選，明人有增補）中有一首署名「寧獻王」的七律當是他存世不多的詩作之一：

送天師

　　霜落芝城柳影疏。殷勤送客出鄱湖。黃金甲鎖雷霆印，紅錦韜
纏日月符。天上曉行騎隻鶴，人間夜宿解雙鳧。匆匆歸到神仙府，
為問蟠桃熟也無？

這是他為張天師送別的詩，其背景和內容這裡不作詳說，其中對天師的讚美
和尊重之情是十分鮮明的。那麼這位天師是誰呢？四十二代天師張正常卒於
洪武十年（1377），此時朱權還沒有出生。所以應該是第四十三代天師張宇初。
他卒於永樂八年（1410），此時朱權到南昌已經有八年了。在這八年中張宇初
在某種情況下拜見朱權，朱權為他送別，寫了這首詩是完全可能的。我們甚
至可以大膽臆測詩寫在朱權到南昌之前的靖難期間，因為詩中的「芝城」是
安徽無為的別稱。如果這樣，朱權和天師道的關係就更為密切了。這首詩也
被收在《留侯天師世家宗譜》卷二，標題卻是《贈沖虛上人歸龍虎山》，作者
署「毛伯溫」。究竟誰才是詩的真正作者呢？沖虛真人是四十二代張天師張正
常，道號沖虛子。他的生卒年是1355～1377，毛伯溫是嘉靖年間的一位著名
大將，也是一位詩人。生年不詳；正德三年（1508）中進士，卒於嘉靖二十三
年（1544）卻是可考的。毛伯溫、張正常二人生活在不同年代，不可能有相送
的事。所以我以為是《宗譜》誤收。誤收的原因也可以追溯出來。原來在毛伯
溫的《毛襄敏集》卷首有嘉靖皇帝《送毛伯溫》詩一首，此詩也被《千家詩》
收錄，且緊接在《送天師》一詩後。《宗譜》編寫時或出於疏忽，或出於其他
原因，將後一詩的標題誤為前一詩的作者了。

　　朱權與淨明道關係更加密切。在《淨明宗教錄》裏收有朱權的傳記，直
接稱之為《涵虛朱真人傳》。傳記中說是「有一老人授（朱權）以淨明之微言，
日餌陽和，以樂其天真」，老人是誰不知所指，但朱權被傳授過淨明道法則是
可能的。朱權還有一部著作《淨明奧論》已經失傳，顧名思義當是發明淨明
道教義的。淨明道又名淨明忠孝道，是儒道合流的產物。朱權雖然一生信奉
道教，但以他的身份和教養，是不可能完全擺脫儒家忠孝思想的觀念的，所
以淨明道正合其意。從地域上說，淨明道的根據地在西山萬壽宮，與朱權的
修道之所近在咫尺，朱權成為淨明教徒更在情理之中。

　　朱權和丹鼎派也有聯繫。朱權服食丹藥。他在《神隱志》中講過，他常
服食名叫「九轉靈砂」的丹藥。他還煉丹，其煉丹處所名「紫霞丹室」。他不
僅煉丹藥，還有一本著作《庚辛玉冊》，被當今學界認為是中國最後一部煉丹

學書籍。他對內丹也有研究，著有《內丹節要》一書。惜乎這些書皆不傳。

三、對道家文化的貢獻

朱權退隱又修道，但並沒有完全出世和無為。作為一位藩王，也作為一位有社會責任感的文人學者，他為江西和中華文化的建設作了大量實事。他提攜江西文人，在王府接待他們，在自己府裏的刻書館為他們出書、作序。《寧藩書目》所載就有一百三十四種書出自他的藩府。明中後期江西成為當時中國出版業較發達的地區，與他的引領是分不開的。

他個人的著述數量也驚人，今可知書名者有七十餘種，涉及十多個類別。存世三十種。其中許多在今天的學界還有重大影響，如《太和正音譜》、琴譜《神奇秘譜》、醫書《活人心法》等。

除開早年的史學著作外，他的全部著作都帶有明顯的道家思想傾向。中、晚年的著作中，純屬道家的著作的最多，大致有下列十三種：《庚辛玉冊》、《鉗錘》、《道德性命全集》、《命宗大乘五字訣》、《內丹節要》、《天地卦》、《北斗課》、《斗經》、《洞天秘典》、《太清玉冊》、《淨明奧論》、《吉星便覽》。由此可見朱權對道家文化建設的熱心。可惜書已大部失傳，僅《太清玉冊》（全稱《天皇至道太清玉冊》）碩果僅存。

朱權撰寫道家著作並不僅僅立足於個別方面和具體應用，更在於道教的全面振興。《太清玉冊》一書即是代表。全書約十萬字左右，它闡說了道教的性質和精神內涵，全面介紹了道教的發展源流、歷史文獻、組織建制、規章制度等，從理論到實踐指導道教的建設。在序言裏他敘述此書編纂的動機和目的：

> 自有道教以來，三皇建極，五帝承天，其奉天道而修人道者，其教事物有未備，言奧有未宣，制度有未傳，儀制有未正，余乃考而新之，非余則孰能為焉！於是三沐薰修，質於神明，告於天帝，大發群典，纘類分編，悉究其事。大宣玄化，其天地之始分，造化之始判，道統之始起，儀制之式，器用之備，衣冠禮樂之制，天心靈秘之奧，道門儀範之規，立為定制。舉道門之所用，皆載此書也。

明初道教的確曾經比較混亂，朱元璋多次下令整飭。作為皇帝，他主要從組織整頓入手，而道教作為宗教有自己的文化體系，僅僅用行政手段，進行組織整頓不能真正奏效。朱權寫《太清玉冊》時已經六十一歲，說明洪武以來

經歷三朝都未能實現道教的全面復興。此時朱權對道教的認識和修養已臻於成熟，對道教文化也有了深入的研究，便主動承擔了從文化建設方面振興道教重任。「非余則孰能為焉！」不是他的狂妄。作為親王，他的地位和影響，他的財力物力，提供了這一可能。不過由於子孫繁衍，開支龐大，他當時的經濟實力已經大不如前。所以此舉主要還是由於他對道教的虔誠和社會使命感。「三沐薰修，質於神明，告於天帝」，說明他對書的編纂十分鄭重。「大發群典，續類分編，悉究其事」，可以想像其規模之宏大。他一定是動員了大量人力，查閱了大量書籍，不僅態度認真，方法也是比較科學的。還可以設想圍繞著書的編纂，一定還開展了許多相應的宗教的、社會的相關活動。這部典籍的編纂在全國道教界、起碼在江西地方是一件盛事，在道教的整頓中也會發揮重要作用。在以後的道教典籍中，在現當代的道教的建設和學界的相關研究中，它仍頻頻被引述。筆者在撰寫此文時，在網上就查到相關文字數百條。

寧王朱權及其道教發展歷史上如此的不同凡響，何以在相關文獻中缺少記載和評說呢？這與當時朝廷——從永樂到正統長時期對朱權的壓制有關。尤其是他的四世孫朱宸濠造反被鎮壓，他的後代親族受株連，他本人的地位和影響也被有意冷落和埋沒。久而久之，便被歷史淡忘了。今天已經是另一個時代，我們有責任將歷史的塵土拂去，使那些對歷史文化有過貢獻的人物和他們的事蹟重放光輝。這就是筆者撰寫此文的目的。

注：限於篇幅，除已注明者外，有關史料均引自拙著《寧王朱權》（藝術與人文科學出版社 2002 年版）一書。

原載《龍虎山道教》2003 年第 2 期

生於黃屋之中，心在白雲之外
——寧王朱權的修道生活

朱權（1378～1448），明太祖朱元璋第十七子，初封大寧，封號寧王。建文帝即位後，朱棣發動靖難之役，挾持朱權參加。三年後朱棣在南京稱帝，即後來的明成祖。朱權被改封南昌。在南昌的四十餘年間，他以修道和著述為主要生活方式。七十三歲卒，諡獻，史稱寧獻王。

朱權信仰道教，而且有封號：南極沖虛妙道真君。在淨明道的典籍《淨明宗教錄》裏，他被稱為「真人」。他對道教文化的建設有過重大貢獻。我在《龍虎山道教》2003 年第 2 期發表的《寧王朱權與道教》一文裏，對他已經作了簡要的介紹。今後我將在本刊陸續介紹他道教生活的各個側面。本文重點介紹他在南昌隱居學道的生活方式。

一、宮廷薰染

朱權並不是到了南昌之後完全因為政治原因以道教為庇護才成為道教徒的。史籍記載，他從小就好道。明查繼佐《罪惟錄·寧獻王權傳》說：

> 寧獻王權，高皇帝十七子，性機警多能，尤好道術。太祖嘗曰，
> 是兒有仙分。

焦竑《獻徵錄·寧獻王權傳》記載：

> （權）生而神姿朗秀，白皙，美鬚髯。慧心天悟。始能言，自
> 稱大明奇士。好學博古，諸書無所不窺，旁通釋老，尤深於史。

未成年之前就「好道術」、「有仙分」、「旁通釋老」，他與道教的緣份竟似與生俱來。順便說一句：他雖然也通「釋」，但對釋氏是極其反感的，這裡不多說。

他的好道，應該與家庭特別是父親朱元璋有關。朱元璋的傳記裏有「其母在麥場服道士藥丸。太祖誕，白氣自東南貫室，異香經久不散」一類的神秘故事，對兒孫們肯定有很深的影響。即位後，他三教並用，對道教的倚重很明顯。他舉辦大型齋醮，親自參與其事，並帶領兒孫們參加。《明通鑒》記載，有一次：「上以久旱，祈禱齋戒，皇太子諸王饌於齋所。上方素服革履，徒步至壇，席槁暴日中，夜臥於地，凡三日。」朱權在宮中一定也曾觀光或參與過這樣的盛典。對於兒童，這樣神秘而有趣的活動該是如何有吸引力！朱權的兄弟朱棣、朱柏、朱楩等，都有好道傾向，只是他們的虔誠不如朱權，因為朱權還通過讀書瞭解了許多道家和道教的知識。

十六歲朱權就藩大寧，擔負保衛大明北疆的政治軍事重任，那時他雄心勃勃，學道的事自然提不上日程。但朱元璋去世，建文帝即位，朱棣以「事成，當中分天下」為誘餌挾持他參與靖難，事後又毀棄前言，將他改封南昌，並一直對他妨嫌和壓制。這時保全自己的身家性命當然是第一位的，所以他必須遠離政治。於是他正式開始了隱居學道。

朱權是早期在皇宮裏受的道教薰染，到南昌後又是在王府修道。他是皇封的親王，不能出家，也不能完全脫離皇族貴冑的生活，物質生活水平沒有受太大的影響。他的修道生活是怎樣的呢？有的史書稱他的隱居學道性質是「韜晦」，我不贊成這樣的提法。因為韜晦是暫時隱藏自己的鋒芒，以圖日後東山再起，就像劉備菜園種菜，和曹操「煮酒論英雄」時那樣。朱權已經放棄了政治圖謀，他對道教的信仰是真誠的，但他的修道生活帶著濃厚的貴族氣息和文人色彩。朱權將自己的隱居修道稱為「神隱」。何謂「神隱」？他在上給永樂皇帝的著作《神隱志》中說：

> 以有患之軀，遁乎不死之域，使吾道與天地長存為不朽。故生於黃屋之中，而心在於白雲之外；身列彤庭之上，而志不忘乎紫霞之想。

生於黃屋，而心在白雲；身列彤庭，不忘紫霞，也就是在享有高水平的物質生活的條件下，超越物質享受，追求更高的精神境界。

二、精廬隱居

朱元璋非常重視兒孫在國家政治軍事上的作用，所以很重視各地藩王府的建設，多半要在親王之藩前幾年就開始營造王府。但朱權到南昌來得匆忙，

所以是將原來的地方政府首腦機關布政使司署遷出改作王府。規模和規格應該是很氣派的。但朱權卻在南昌的遠郊西山遐齡峰頂「構精廬一區」，這就是他隱居修道的處所，長年居住的地方。

這精廬不算大，更非豪華別墅。在《壺天神隱記》一文裏，他這樣描繪他的精廬：

> 於是入松關，由竹徑，渡鶴渚，至白雲更深之處。登於壺天，過醉鄉之深處。延石橋而造乎紫霞丹室，憩於神谷。其谷之東有實焉，曰「洞天深處」。內有地一丈，有八構三椽之茅，鑿方丈之池，植松引流，載蘭疊石，取象乎江漢雲山之趣。藥爐茶灶，一琴一鶴，誦經煮茗，以為養修治生者焉。

按這樣的描寫，這是一個按文人審美趣味描寫出來的隱居地，茅屋數椽，一方水池，一個有山石點綴的園圃和環境清幽的山谷中有一個山洞。朱權兒子磐烒的老師胡虛白寫了三首詩，題作：《敬進寧王殿下仙人好樓居》：

> 仙人好樓居，乃在青雲中。金窗洞然開，咫尺與天通。上有太古音，被以龍門桐。左招廣成子，右揖浮丘公。憑虛覽八極，呼吸凌鴻濛，看與天地並，逍遙樂無窮。

> 仙人好樓居，乃在蔚藍天。東西九萬里，日月相周旋。上有飛霞佩，五鳳何翩翩。左招王子晉，右揖洪崖仙。含和煉金魄，至真洞玄玄。無以為清淨，寄傲羲皇前。

> 仙人好樓居，下瞰凌虛臺。雞鳴海色動，萬里雲霞開。上有白玉虯，騎之上蓬萊。左招梁園客，右引鄒與枚。吹笙弄明月，八鸞以徘徊。俯視一泓水，終古無纖埃。

這一組詩雖然是仿晉郭璞的遊仙詩，不是完全寫實，但它的格調充滿對修道者和修道住所的讚美，是與朱權當時的精神追求契合的；與天地相通，共神仙往來，心無半點塵俗，境界極為廣闊。

他自己的生活方式在《神隱志》中有全面的反映。僅從上卷「樂其志」各章節的標題就可以看出他的生活志趣。其中有：

> 寄傲宇宙　嘯詠風月　醉裏乾坤　放浪形骸　曠志物外　枕流漱石
> 雲窗鶴夢　坐石觀雲　山家農具　收藏果物　造麴醞酒醋
> 醃肉瓜菜脯　須知牛背穩

下面再舉兩段具體描寫：

> 或醉臥醒時，精神尚倦，乃向松根石上箕踞而坐，太山列屏於前，滿眼皆如故人。白雲出沒，如與吾之相揖。慨然有思，勃然有志，此山間之豪傑也。不覺與造化俱化，其斯樂豈可與人共語哉！（《坐石觀雲》）

> 凡子侄家童上五六歲，便教他在牛背上戲耍。耍到七、八歲便可騎牛牧放。教他牛背上學吹凹嗚，此是牧童之戲也。十一二便教他倒騎牛背，桁一笛於霜林月坡之間，又助天地間多少清處。所謂馬背不如牛背穩之樂也。（《須知牛背穩》）

可以看出，他的追求有兩面：一面是超然物外的形而上，如「寄傲宇宙」、「嘯詠風月」之類。另一方面是百姓日常生活的形而下，像山家農具、收藏果物，以及騎牛放牧等農家日常生活。總之，則是一種人與大自然和諧相處的安祥恬靜、和樂愉悅。比起錦衣玉食、飛鷹走馬，比起功利場中熙熙攘攘的人我是非，究竟誰最快樂？朱權選擇的是前者。

三、文化清修

從朱權的許多著作中，我們可以瞭解朱權的日常生活。可以看出，他是充分運用中華文化的傳統，貫徹自己的道家理念實現修道。我稱其為「文化清修」。

（一）鼓琴讀書。《明史》本傳和《獻徵錄》等史籍都提到說朱權隱居生活的內容之一是「鼓琴讀書」。音樂是形體抽象，意旨玄遠，宜於寄託一種難以言說的情思的藝術。古琴在中國古代樂器中，歷史最悠久，曲目流傳最豐富，加上許多動人的故事，融注了中華民族許多精神的文化意識。朱權不是一般的愛好古琴，而是對古琴有精深的造詣。他會彈奏，還會作曲。大型名曲《秋鴻》就是他所作。他還會製琴。明楊掄《太古遺音》中所收「臞仙琴樣」就是他製作的，琴名「飛瀑連珠」，至今存世。他編輯了我國最早的琴譜《神奇秘譜》，對每一首琴曲的內含作了解題。從這些解題中我們看到了他鮮明的道家旨趣。關於朱權的音樂造詣，我將另文詳之。

讀書就不必說了。朱權的著述達百種左右，遍及經史子集各部，不是自己大量的閱讀積累是不可能做到的。

（二）手製香爐瓦硯。《罪惟錄》謂其「手製博山爐及古瓦硯，皆極精緻」。

香爐是為焚香之用，博山爐是極其精美的一種。他撰有《焚香七要》一書，談到香爐的選擇，如何既實用又雅觀，香爐的製作當然也是這樣的標準。瓦硯是用古瓦製硯，多用漢瓦。南昌有古灌嬰廟，後代即有灌嬰廟瓦硯製作的記載。朱權所製，是否用灌嬰廟瓦不得而知，但以朱權的追求和能力，不可能是普通瓦硯。按朱權的地位，他可以巧取豪奪；按財力，他可以大量收購。但為什麼他要親手製作呢？這就是奉道者與奉儒者不同之處。道教是比較重視科技和製作的，而儒家卻鄙薄之，稱之為玩物喪志，斥這樣的技藝是「奇伎淫巧」。而朱權以親王之尊，卻親自勞作。應該說，這既是修道的途徑，也是修道的結果。

（三）蒔花藝竹品茗。《獻徵錄》、《列朝詩集小傳》等都提到朱權構精廬「蒔花藝竹」。對此不見於朱權本人的記述。但這是許多士紳家居生活的普遍內容，想必記述不為無據。但園林中有竹，在他著作中是常見的。朱權著作有《茶譜》一卷。他在《茶譜序》中描寫了他精廬中北園之茶（林），南澗之水，東山之石，接著說：

> 以東山之石，擊灼然之火；以南澗之水，烹北園之茶。自非吃茶漢，則當攟拳布袖，莫敢伸也……予嘗舉白眼而望青天，汲清泉而烹活火，自謂與天語以擴心志之大，符水火以副內煉之功，得非遊心於茶灶，又將有俾於修養之道矣！

從這裡可以看出，朱權的飲茶不在品茶味之清香鮮美，而是與天相通，與道相通，也就是在煮茗飲茶中修道，蒔花藝竹則更是直接與天地萬物相接了。

（四）奕棋投壺。朱權著有棋藝著作，沒有流傳下來，但從其題書名「爛柯經」中看出他對棋的理解。「爛柯」是取晉王質入山伐木，觀棋一局，歸時斧柄已爛的典故。這個典故中表達的時空觀，最近道家哲學，對悠然恬靜的神仙生活描寫，也表達了朱權的人生追求。朱權還著有《貫經》一書，是研究古代的一種投壺遊戲的。錢曾《讀書敏求記》說：「臞仙以陶質為壺，取其脆而易破，以荻葦製矢，取其柔而易斷。仿古投壺之義，射禮之儀，著為《貫經》，令人生戒懼不敢躁進之意，寓規於戒，其旨微矣。」雖然是一種遊戲，也取老子「不爭」和「以柔弱勝剛強」之訓，鞭策與增進自己的修養。

（五）養鶴飼龜。道家講究養生長壽。龜鶴是長壽的動物，所以人用來寄託自己對生命的嚮往。在《神奇秘譜》中《鶴鳴九皋》一曲的解題中他說：

> 予嘗畜二鶴於琴院竹林之間，或顧影而對舞，或雙飛而交鳴，

必有時焉。其舞也，感靈風而舞，以振其羽。仰見霄漢，如有神物則鳴，非時則不鳴。

他曾在所著書中刻有「青天一鶴」方印，實乃以之自比。在《神隱志》書中，他還記載有養鶴的方法。《神隱志》中有「養神龜」條，記載他養龜的事：

龜者壽物，養庭檻中可以愛玩。惟懾龜可以養。……余嘗養此龜於庭院間。一日大雨。雷電作，其龜與雨中以腳撐立，以頭向天噴水如線，二三尺高，雨愈急而噴愈急，是知靈物與天地之氣相和也。

雖說養龜鶴也可以視為養寵物，但反映的是修道者之志向和文人雅士之賞心，與一般民間養貓狗者大異其趣。

（六）囊雲。錢謙益《列朝詩集》收朱權詩《囊雲》一首：

蒸入琴書潤，黏來几榻寒。小齋非嶺上，弘景坐相看。

錢氏並說：

寧王權每月令人往廬山之顛，囊雲以歸，結小屋曰「雲齋」。障以簾幕。每日放一囊，四壁氤氳，如在岩洞。

囊雲的事似乎難以置信，其實古已有之，蘇軾就作有《攖雲篇》，其序說：「余自城中還，道中雲氣自山中來，如群馬奔突。以手掇開收籠其中，歸家雲盈籠。開而放之。」這該是多麼富有詩意的浪漫情調！整日汲汲於利祿功名者，恐怕是難得有此種閒情逸致的了。

（七）養生與煉丹。這也是朱權學道的內容。我將在另一文章中專門介紹。

朱權受到人生極大的挫折後，沒有沉淪，沒有墮落，在學道中享受著別樣的人生。哲理和詩意，淡化、消解了壓力和危機感，陶冶了情操，增進了健康，延長了他的壽命。他終於平安地度過了七十一年的人生。是道家和道教的宇宙觀和人生哲學，給了他有力的精神支持。

注：朱權著《爛柯經》已於近期發現。

原載《龍虎山道教》2007 年第 2 期

寧獻王朱權與南極長生宮

江西省南昌市西郊是著名的風景區西山，西山最高峰名蕭峰，傳說兩千多年前，仙人蕭史帶著秦穆公的女兒弄玉騎著鳳凰落在這裡。蕭峰下有一小山頭叫緱嶺。明寧獻王朱權的墳墓就在這裡。現在朱權墓是南昌旅遊地圖上的一個景點。雖然由於種種原因，瞻仰憑弔陵墓者寥寥，但是墓前不遠處的一對華表，卻是非常引人注目的。發到網上，很是壯觀。不過許多人都以為這一對華表屬於朱權陵墓。這是一個誤會。

這一對華表屬於一座道宮——南極長生宮，是寧獻王朱權生前修建。

寧王朱權初封大寧（今內蒙寧城一帶）。建文初年，朱棣發動靖難之變，脅迫朱權參加。四年後朱棣即位，將朱權改封到南昌。朱權在南昌四十六年期間，主要生活方式是隱居修道，同時從事學術研究，畢生著作百餘部。其中有關道教的近五十部。

正統三年（1438），朱權六十一歲，開始建他的生壙，同時開始修建這座宏偉的道教建築——南極長生宮，七年後的正統九年（1444）秋，長生宮落成。

朱權為什麼要修這座南極長生宮呢？

朱權一直自認是上天南極星座的一位神仙下凡，所以自號「南極沖虛妙道真君」。他說建長生宮是天神給他的使命。據胡儼《敕賜南極長生宮碑記》云：

> （王）嘗告儼曰：「初，永樂壬辰仲夏之月，精神感通，若有天真告曰：『南極九十宮之位，即爾位也。可以蕭仙坪曰緱嶺者建南極宮，求有道之士住之。其宮若成，世之人白髮扶杖者多矣，亦可為爾終焉之計。』」

是否真有天神相告這裡不論。說明他建長生宮的一個重要目的，是接待來自各方的雲遊道士和修道者，也是為世間所有的人祈求長壽。

南極長生宮今已不存。有兩種文獻對它記載和描述很詳細。一是朱權在他撰寫的《天皇至道太清玉冊》中的記載，二是上述胡儼所撰《碑記》。據胡儼說，他曾親歷長生宮的建築過程，後應朱權之請撰寫了這篇《碑記》。《碑記》對長生宮的整體規模是這樣記載的：

> 前殿曰「南極」，後殿曰「長生」，左曰「泰元之殿」、「衝霄之樓」，右曰「璇璣之殿」、「凌漢之樓」。「長生」之後是為「壽星閣」。閣前置石函，以記修真之士六十年之期，遂於遐齡峰頂建「飛昇臺」，以俟翀舉者。宮之前曰「遐齡洞天」，中門曰「壽域」，宮之門曰「敕賜南極長生宮」。宮門之外有「醉亭」，以為群真樂道燕享之所。閣之左有園室焉，以居雲遊修真之士。又築神丘於宮之側，蕭仙坪之下。而宮之制，地位高明，規制宏敞，美哉輪奐，超出塵氛。近拱以層巒，遙挹乎飛翠，金芝瑤草，遠遍葳芬，白鶴珍禽翔翔上下，靈光發抒，隱見莫測，誠所謂仙真之窟宅，靈秀之攸鍾也。

朱權所撰《太清玉冊》對南極長生宮內部的構築裝置，陳列供奉、文化展示及功能等有許多描述。在「宮殿壇墠章」中，他講解了一些殿堂的功能，如在「閣」條目中，說明長生宮所建壽星閣、天皇閣，是為了為民祈壽、祈穀。「缽堂」，又名「棲真館」，是他為接待四方雲遊而來的道人新增加的設施。新增的殿閣還有「天門」、「天關」、「庵」、「臺」等。宮中的匾額、對聯，都是他親自撰作。比如缽堂門楣館名「棲真館」和兩邊對聯云：

> 世間雲水皆居此，天下全真第一關。

缽堂有前軒，匾額題「華靈隱靄」，兩邊對聯是：

> 闡中國聖人之大道，襲上天仙子之遺風。

軒中立有「啟關」、「閉關」之牌。正中祀王重陽真人像。案上設金、木、水、火、土，以相五行造化；金蓮七朵，以表七真玄機；中立全真缽架，下列水鼎，上懸五鈴一缽架。對聯云：

> 五鈴齊振弘開太極之關，一缽暫停再入泰玄之室。

兩旁對列坐龕一十四單，以「鉛、汞、子、丑、寅、卯、辰、巳、午、未、申、酉、戌、亥」為號。缽堂中柱對聯是：

> 默朝上帝升金闕，靜守中黃閉玉關。

缽堂正堂左右有二廂房，左曰「鶴巢」，右曰「麟藪」。內設雲床十四。還有坐臥家具、生活日用、飲食等的器物，供雲遊者在此棲息之用。

他還親自設計創制了一些儀仗冠服制式，如結巾、雪巾、通天冠、通天服、震靈杖等。

由此一處，就可見這座建築的完善與精美。

朱權脩建南極長生宮的目的絕對不只是為自己或眾人祈求長生，或者只是在本地增加一所修道佈道場所。朱權是有著更加宏遠高尚的追求的。那就是，為全國的道教建設樹立一個榜樣。因為明代初年，道教曾經衰頹，「事物有未備，言奧有未宣，制度有未傳，儀制有未正，余乃考而新之。非余則孰能為焉！」（《天皇至道太清玉冊序》）他認為弘揚道教文化是他的責任。

朱權對道教全面恢復和提高作出的努力實際是兩大項目：一是南極長生宮，另一是文獻《天皇至道太清玉冊》。《太清玉冊》卷首有一篇《原道》，從思想觀念上全面闡述了道家和道教，是一篇有很高思想理論水平的文章。全書分二卷，首章「開闢天地」，次章「道教源流」，自「斡運造化章」以下各章則是對道教宗教設施、服飾、儀軌、法咒、制度等的說明，共一十八章。全面闡述了道教文化和制度規範。南極長生宮則是《太清玉冊》的實體示範。二者相得益彰。

南極長生宮意義還不止於宗教，而是朱權的一座人生的標誌性建築。因為自改封南昌以來幾十年，他遭到朱棣一支和朝廷、地方官員的疑忌。人們大都認為朱權在南昌並非真正隱逸修道，而是心懷對朱棣許諾「中分天下」而終食言的不滿。學道，只是他的一種「韜晦」式的掩飾。的確，朱權對建文削藩和朱棣靖難這種家族相互殘殺是十分不滿的。他也從此走上了與大寧時期完全不同的道路。但他從來沒有過取四哥朱棣而代之的意念。他的隱逸雖然有全身保家的性質，但他學道的種子是孩提時在宮中就已埋下，並有所表現，所以朱元璋當年就說過「是兒有仙分」。只是當年在大寧時期，因防務在身不能多有表現。現在來到南昌，有了隱逸學道的條件，於是全身心地投入。如果只是為了「韜晦」，他只要安分守己，無所作為即可，何須對道教建設如此投入呢？所以也可以說，他的這座建築，也是向父親、向朝廷，向家族，向社會也向歷史說明自己一生的追求。

華表，不是隨便什麼規格的建築都可以設置的。必須是得到皇家和朝廷恩准的建築才可以設置。當時除北京宮廷有華表外，全國只有兩處，南極長

生宮是其一。朱權南極長生宮之建是得到正統皇帝朱祁鎮欽准的。批准時英宗就有「下不為例」的指示，因為這是頗費財力民力的工程。英宗支持了這位叔祖王，還親賜「敕賜南極長生宮」題名匾額。可見，這不僅是朱棣一系的皇廷對朱權學道的支持，也意味著對這位皇親一生所走道路的肯定，放下了長期以來一直存在的戒心與敵意。只可惜朱權的四世孫朱宸濠違背了高祖的心願，於正德年間造了反，造成了他的始祖一生努力避免的一場大災禍。

四百年前的一座高規格的建築，被人類自我殘酷地摧毀。最初是上世紀30年代日本帝國主義的戰火。後來則是現代人的忽視。1992年我去訪問，這片遺址上，斷瓴殘甎，仍能勾起憑弔者對於宮觀當年宏偉氣象的遐想。幾座圓形石礎仍在原處，大致可以辨出宮觀基址，方約數百平米。地面有六列柱礎，為石鑿成，左、右、後三面均有很厚的牆基，後牆基外還有礎柱三個，當為外廊。房宇遺基前還有向前突出的方形平地——月臺，月臺前有磚砌臺階。《碑記》中所云「醉亭」（一作「醉仙亭」）應在此處。再向前有一單孔小橋。現在這些遺跡都已不見，長生宮遺址上已經栽滿橘子樹和各種莊稼。只有石華表一對還在。華表高6.9米，每面寬0.26米。頂端有石獅，表柱六面均刻有道家符籙。北側的一幢刻有「紫清降福天尊永劫寶符」十字，符下又有文云：「此宮之作因南極降靈今建是宮為生民祈壽於是奉聞大廷敕封南極長生宮上祝聖壽萬年宗支悠久。」南側的一幢，刻「青華文人護世長生真符」，符形下刻文曰：「皇明天曆正統歲在壬戌十二月十六日，南極沖虛妙道真君主永鎮是宮與天長存。」大約五六年前，據守墓的朱氏後裔說，曾經有人來偷華表頂上的石獸，被發現未能偷走，但已經移位變形。危乎哉！

對於大多數當代人來說，即使看到這對華表，也難有「南極長生宮」這個概念了。現在，我只能用這區區幾行文字，來懷想這座曾經非常神聖的建築。希望已經從西山緱嶺下消失的南極長生宮，不要從我們的記憶中消失盡淨。我的所知非常有限。如果您想知道得更詳細和準確一些，希望您到《續道藏》裏去查幸存其中朱權所撰的《天皇至道太清玉冊》。

原載《道源教宗》2016年第2期

從《神隱》看隱居南昌的朱權

　　朱權（1378～1448），明太祖朱元璋第十七子。童年在南京宮中度過。洪武二十四年（1391），封為寧王。二十六年（1393），就藩於大寧（今內蒙赤峰市寧城縣）。洪武三十一年（1398），朱元璋去世，剛繼位的建文帝朱允炆進行削藩。封地北平（今北京）的燕王朱棣發動反對建文帝的靖難戰爭，挾持朱權參與其事。當時曾經許諾「事成，當中分天下」〔註1〕。四年後，靖難成功，朱棣即皇帝位，未踐「中分天下」之諾，改封朱權於南昌，在南昌生活四十餘年。正統十三年（1448）薨，葬南昌西山緱嶺，諡曰「獻」，史稱「寧獻王」。

　　在南昌生活了大半生的朱權是個怎樣的人？這是史學家和朱權研究者面對的一個重要問題，但說法分歧。從朱權自己的著作中探索他的人生狀態是個好的途徑。他一生著作大都散佚，留存下來的多缺少這方面的信息，難得的是其中有一部書，名叫《神隱》（又名《神隱書》、《神隱志》），或能給我們提供幫助。

　　《神隱》最早的版本為永樂六年（1408）刻。就是說，書稿完成時，朱權在南昌還只度過了六年。這麼短的時間完成的書，能夠反映朱權在南昌的一生嗎？對於這一問題，我的回答是：朱權生平已經見諸許多史料，與《神隱》對照，是相互吻合的。我們正可以從《神隱》一書溯其源流。

　　這裡首先將書的全貌作一簡要描述。由於全書體例特點，加上現存版本在流傳中造成的些許錯動（如「攝生之道」5條），看起來結構不太嚴謹。但只要稍加辨析，就能夠看出其內容的邏輯構思是很清晰的。

〔註1〕張廷玉等《明史》（第12冊）卷117《太祖諸子二》，中華書局1974年版，第3592頁。

　　《神隱》主體分為兩卷。上卷主要是以隱者的生活追求為內容，包括三部分：第一部分「攝生之道」為身體的健康與保養；第二部分是隱者的精神追求，如「知命聽天」、「寄傲宇宙」、「枕流漱石」等；最後部分是家常生活，如「卜築之計」、「山家農具」、「山居飲食」等。下卷主要為農家生計，也分三部分：首先是「歸田之計」即農業生產，也就是一年春、夏、秋、冬十二個月務農的要點；其次是「牧養之法」；最後為「醫六畜諸病法」。全書皆分條臚列，計近千條。

　　對於《神隱》一書的性質，前人的判斷頗多不同。《續書史會要》、《欽定四庫全書總目》存目著錄在「道家類」〔註2〕；《明史・藝文志》列入「農家類」〔註3〕；《江南通志・藝文志》又列入「明醫方集宜」〔註4〕；李時珍醫書《本草綱目》列《臞仙神隱書》在卷首「引據古今經史百家書目」〔註5〕中。這些分類都著眼其實用價值。本文放眼其中，目的則著眼於體察朱權的人生追求。

一、著書明志

　　《欽定四庫全書總目》說《神隱》是朱權「明志」之書：

　　　　此書多言神仙、隱逸、攝生之事。權本封大寧，為燕王所劫，置軍中，使草檄。永樂元年，改封南昌。會有謗之者，乃退講黃老之術，自號臞仙。別構精廬，顏曰「神隱」。並為此書以明志。永樂六年上之。〔註6〕

《總目》指出朱權因為遭人譭謗——誣告他存心反叛朝廷。朱權故寫此書以明其無反叛之意。

　　從大量史實中我們知道，朱權當時對朱棣的欺騙與強迫確有不滿，但從未有過反叛企圖，即便朱棣對朱權懷有很強的戒心，當時南昌地方官員確有多人誣告朱權有反意。朱權深知自己稍一不慎，就有身家性命被毀之虞，所

〔註2〕四庫全書研究所《欽定四庫全書總目》（整理本），中華書局1997年版，第1965頁。

〔註3〕張廷玉等《明史》（第8冊）卷98《藝文三》，中華書局1974年版，第2432頁。

〔註4〕趙宏恩等《江南通志》卷192，浙江大學圖書館藏《欽定四庫全書》本第507冊，第99頁。

〔註5〕李時珍《本草綱目・序例第一卷》（第1冊），人民衛生出版社1977年版，第34頁。

〔註6〕四庫全書研究所《欽定四庫全書總目》（整理本），中華書局1997年版，第1965頁。

以到南昌以後的首要任務，就是向朱棣表示決不背叛的態度。《神隱》就是這一態度的書面表達。

《神隱》是為向朱棣明志而寫，這一點非常明確。該書卷首有一封《上天府神隱家書》。「家書」，就是寫給家人的書信，「天府」指宮廷，信尾自署「末弟」。這封信無疑是上給皇兄朱棣的。《家書》全文寫得很隱諱，甚至費解，但其中有一句說得明白：

> ……乃作《神隱》一書，志在與青山為鄰，白雲為友，天地為
>
> 家，風月為之故人……〔註7〕

「以青山為鄰，白雲為友，天地為家，風月為故人」，就是歸隱。那麼《神隱》全書是怎樣表達自己歸隱之志的呢？朱權在《神隱下卷序》中說：「是書有二：其一樂其志，其二樂其事。」要補充的是，書中還有幾篇附屬文字：上下卷各有一序，卷首還有一文，題《壺天神隱記》，目錄之後還附有一段四言韻文，加上《上天府神隱家書》，都非常重要，下面我們都將涉及。

《神隱》一書，包括對「神隱」的理性表述和具體實踐的說明，從中可以觀察和認識定居南昌時的朱權。

二、在位棄欲

隱居是中國歷史上特有的一種社會現象。遠古時代就有巢父、許由的傳說，以後歷代都有一類人——多是文人，在入世（「顯」）與出世（「隱」）二者之中選擇後者，便稱為隱士。生為山野之民，就不是隱士。眾多隱士歸隱的原因、性質和方式各有不同，被分為不同的類別。但是朱權與他們都有所不同，而且他還不能直接說明自己「隱」的原因，他是根據自己特殊的歸隱的方式和狀態給自己定性的。

在《神隱序》中，他把歷來的「隱」分為「天隱」、「地隱」、「名隱」三類：

> 古有三隱，可得聞乎？藏其天真，高莫窺測者，天隱也；避地山
>
> 林，潔身全節者，地隱也；身混市朝，心居物外者，名隱也。〔註8〕

他所謂「天隱」，指的是被看成昇天成了神仙者；「地隱」，是指避開人群聚居之地，居於山野之中，保持名節的人；「名隱」是指混跡於名利場中，但能潔

〔註7〕朱權《神隱・上天府神隱家書》，北京圖書館藏明瑞昌王府朱拱柄刻本。

〔註8〕朱權《神隱序》，北京圖書館藏明瑞昌王府朱拱柄刻本。

身自好，出污泥而不染的人。朱權說自己的「隱」與這三類都不同：

> 其所避也，以有患之軀，而遁乎不死之域，使吾道與天地長存
> 而不朽。故生於黃屋之中，而心在於白雲之外；身列彤庭之上，而
> 志不忘乎紫霞之想。……身雖不能避地，而心能自潔。〔註9〕

看來不同之處主要在於隱居的地點或位置。朱權生於帝王之家：「黃屋」、「彤庭」，就是王府。在他，王府是與生俱來，不可能也不應該「避」的。怎麼辦呢？他認為：「身」不能避，而「心」則可以「自潔」，也就是仍保持藩王的身份，但自己可以將權位與富貴之念洗刷乾淨，將精神寄託在世外──白雲紫霞之中。這就是「神隱」。這當然是很不容易做到的。他知道當時從上到下，人們對他的歸隱是非常不相信的，於是他在文中不厭其煩地反覆設問並自答。如問曰：

> 客有問於涵虛子曰：「棄軒冕之榮而嗜蓑笠，厭華屋之廣而慕岩
> 穴，捨千乘之貴而甘一農之賤，吾未聞也，而王何所欲乎？〔註10〕

他認為，在「生死」這一極限選擇面前，趨生避死是生命的本能選擇。他先以禽獸為比：

> 累榭洞房、珠簾玉宸，人之所樂也，猿鶴入而悚；懸瀨急灘、
> 波濤洶湧，魚龍之所安也，人入而懼。雕籠玉食，人以為悅也，鳥
> 入而憂。〔註11〕

再以人為比，人的好惡追求是可以有所不同的。他並以帝王為比，即使是帝王，也不一定喜歡豪華高貴的享受：

> 文王嗜菖蒲而厭八珍之味。……漢順喜山鳥之音而惡絲竹，魏
> 文好鍾鑿之聲而不喜金玉之和。〔註12〕

他還用蟲豸為比：「桃中之蟲」，在「無分寸之寬」的桃核中，自以為不會受到傷害，而終於落入「饞夫」之口，說明加害者無處不在，「避地」並不是最安全的。

這些比喻無不透露出他深知自己避害之不易。但也說明了現在作出的「神隱」決策，既是不得已，也是最佳選擇。他沒有，也不能直接說，是誰要加害於他。因為他深知，朱棣和所有的人對此都不會不明白，接著就直接說出他

〔註 9〕朱權《神隱序》，北京圖書館藏明瑞昌王府朱拱枘刻本。
〔註10〕朱權《神隱》下卷序，北京圖書館藏明瑞昌王府朱拱枘刻本。
〔註11〕朱權《神隱》下卷序，北京圖書館藏明瑞昌王府朱拱枘刻本。
〔註12〕朱權《神隱》下卷序，北京圖書館藏明瑞昌王府朱拱枘刻本。

認為自己最安全的地方，就是他現今的所在地──南昌。

前已說明，朱權說「不能避地」指的是不能避開王位。從實際處境看，他當時還是寧王，寧王府就在南昌城內。但知道住在王府，難免干政嫌疑，於是他將王府事務交給世子磐烒，自己經常住在數十里以外的西山。南昌的西山是道教名山，有葛仙峰，傳說為道教名家葛洪修仙處，上有葛仙壇、煉丹井，下有葛仙源。還有天師谷、施仙岩、娜姑仙壇、仙跡岩等。朱權已經在西山建了房廬，即「精廬」──道家修煉之所。他寫道：

> 今西山之巔，有廬存焉，可以藏吾之老；西江之曲，有田在焉，可以種吾之禾。壁間有琴，可以樂吾之志；床頭有書，可以究吾之道；甕內有酒，可以解吾之憂。能如是……是為逃空虛潔身於天壤之間，故有志於是書。〔註13〕

寧王府世子師胡奎曾經有詩《敬進寧王殿下仙人好樓居》三章就是歌頌這座精廬的。其中第二首是：

> 仙人好樓居，乃在蔚藍天。東西九萬里，日月相周旋。上有飛霞佩，五鳳何翩翩。左招王子晉，右揖洪崖仙。含和煉金魄，至真洞玄玄。無為以清靜，寄傲羲皇前。〔註14〕

胡奎隨朱權來到南昌，不到六年就因年老回浙江老家了。他寫這首詩時，《神隱》還沒有完成，說明朱權的「西山之巔，有廬存焉」等，都是自己的實踐。他的「隱」是真實的，可信的。

三、道教信仰

道家在中國隱士文化中起著重要作用。許多隱士都有道家色彩，但大多並非道教信徒。朱權自童年在宮中就受到道教的影響。大寧時期也還在追蹤道教，但那時只是興趣而已。改封南昌以後，他的處境，需要他放棄現實中的許多追求，此刻道教思想和信仰便成為他的重要精神支撐。南昌不僅有西山，還是淨明道的發源地，寧王府與萬壽宮為鄰。正一派天師府也在不遠處的龍虎山。在這樣的環境中，他成了真正的道教信徒和傳播者。這些也充分反映在《神隱》一書中。在《家書》中，他首次使用了「南極沖虛妙道真君」這個道號署名。

〔註13〕朱權《神隱》下卷序，北京圖書館藏明瑞昌王府朱拱栿刻本。
〔註14〕胡奎著，徐永明點校《胡奎詩集》卷一，浙江古籍出版社2012年版，第1頁。

就在上卷「目錄」之尾有一段破例的文字，道教意味十足：

> 世有斯道，乃有斯人。斯人者誰？子休列生，以德為畔，以道
> 為耕。不逆流俗，不污其名。苟非巢由，其誰與並？誠能行之，飛
> 昇紫庭。是書之作，泉石之盟。驗於昏山，兆於辛薄。〔註15〕

卷首的《壺天神隱記》，更是一篇用道教觀念詮釋「神隱」的文字。在這篇
《記》中，他說很多人都曾經表示要「棲身道跡」，但是真正做到的「有幾
人焉」？而他做到了。他能夠「樂人之所不樂，而獨樂其所樂」，是因為曾
經的人生遭遇：

> 予生於疆宇宴安之日，值悠閑娛老之年，緬思曩昔經涉之務，
> 勃然懲愴，是以心日已灰，志日愈餒矣。於是屏絕塵境，游泳道學。
> 〔註16〕

這裡他明說歸隱的真實原因是遭受了挫折而心灰意冷。他知道朱棣對此心知
肚明。如果說得晦澀含蓄，反會引起朱棣生疑。要害在於他學道的真實性。
他描述自己「神隱」的狀態，具有鮮明的道教色彩：

> 是時天地在吾腹，宇宙在吾身，造化在吾手，與人不同者矣。
> 而能錯綜乎人我之場，吐吞乎大千之域，放乎其無涯，斂乎其無跡，
> 芒乎芴乎而與世相遺，人莫我知，可謂神隱矣。〔註17〕

這並非是一種想像中的境界，而是已經在生活中實踐著：

> 於是入松關，由竹徑，渡鶴渚，至白雲更深之處。登於壺天，
> 過醉鄉之深處。延石橋而造乎紫霞丹室，憩於神谷。其谷之東有實
> 焉，曰「洞天深處」。內有地一丈，有八構三椽之茅。鑿方丈之池，
> 植松引流，栽蘭疊石，取象乎江漢雲山之趣。藥爐茶灶，一琴一鶴，
> 誦經煮茗，以為養修治生者焉。〔註18〕

這裡所敘及的，都是實境，是朱權西山精廬所在。「神谷」是西山地名，「洞天
深處」指道教三十六洞天之「十二洞天」——西山「天寶洞」，皆見於史志。

歷史上的道教有多個宗派。朱權一生信奉道教，並不拘泥一派。但從《神
隱》看，他早期對東晉葛洪的神仙道煉丹術尤為傾注。在《上卷序》中已經提

〔註15〕朱權《神隱‧目錄》，北京圖書館藏明瑞昌王府朱拱柄刻本。
〔註16〕朱權《神隱‧壺天神隱記》，北京圖書館藏明瑞昌王府朱拱柄刻本。
〔註17〕朱權《神隱‧壺天神隱記》，北京圖書館藏明瑞昌王府朱拱柄刻本。
〔註18〕朱權《神隱‧壺天神隱記》，北京圖書館藏明瑞昌王府朱拱柄刻本。

到他決心「神隱」時，就讀了葛洪《抱朴子》一書。「紫霞丹室」，是他在西山精廬煉丹之處。上卷第一則「攝生之道」中就有「九轉靈砂」一條，講靈砂的煉製方法。還有「仙家服食」一則，就有「山中煮白石法」等二十一條，皆是葛洪《抱朴子》中服食丹藥的煉丹方法。

　　朱權奉道，不僅是為避禍，也是畢生真實的信仰。他在南昌著作百餘部，道教著作近半數。其中《天皇至道太清玉冊》是他晚年為振興道教撰述的力作，被收入道教典籍《續道藏》。

　　值得一提的是，朱權雖然是道教信徒，在書中明確表達了自己的道教信仰，但是並沒有說許多教義教理，使一般讀者難於接受。

四、文人情懷

　　大寧時期的朱權是個軍事統帥。雖然他也從事寫作，撰有《通鑑博論》、《漢唐秘史》等數種，但都是與政治相關的史學著作，來到南昌之後，卻必須遠離政治。衣食無憂的他，精神如何寄託？他可以一蹶不振，頹廢消沉；也可以沉迷於聲色娛樂。但自幼受到的文化教育將他帶入了另一個精神世界，即一種「文人情懷」和文化培育出來的一種精神風貌——「風雅」。《神隱》上卷「樂其志」中大部分描寫的，就是一種風雅。比如「嘯詠風月」：

　　　　或時心平氣和，於風清月白之際，曳杖而行，或水邊林下逍遙
　　徜徉。或觸景，或自況，或寫懷，或偶成，或詩詞，或文賦，泄其
　　素志，以擴幽懷，與風月為侶爾，豈不樂乎？〔註19〕

中國文人風雅素來多表現為對大自然的欣賞和對藝術的愛好。在《神隱》中，二者皆有描述。

　　首先看他「樂其志」的一系列標題，如：「嘯詠風月」、「枕流漱石」、「松風蘿月」、「坐石觀雲」等，就知道他的「志」與大自然相關何等緊密。其中「臨流賦詩」是這樣的：

　　　　日常稍覺悶倦，便曳杖於溪河之邊，坐於磐石之上，見山色之
　　蒼蒼，可以樂吾之志；見流波之洋洋，可以快吾之情。乃臨流以賦
　　詩，寫興以自遣。乃為鬼神自相談道爾，而俗人安能得哉？又快一
　　日之志也。〔註20〕

〔註19〕朱權《神隱》上卷，北京圖書館藏明瑞昌王府朱拱柄刻本。
〔註20〕朱權《神隱》上卷，北京圖書館藏明瑞昌王府朱拱柄刻本。

「俗人安能得哉」，這「俗人」指的就是那些只有物慾而缺少文化追求的人。特別值得注意的是，朱權的「雅」並非是超塵絕俗，不食人間煙火，而是充滿生活情趣的。比如他在「茅亭酌月」中寫到夜晚茅亭賞月時，應該有妻子兒女在座：

> 當秋月明之時，正宜夜坐茅亭，可捧一瓢，與老婦子女自相對酌。吾所謂「闔家共飲茅亭月，酌盡古來天地心」，又是一團道氣。〔註21〕

文人的風雅還表現為對琴、棋、書、畫等的愛好。

琴樂是中國民族音樂中文化含量最高，風格最雅的一種音樂。朱權於琴有著高深的造詣。他不僅會彈琴，來到南昌以後，還用十二年的時間編撰了至今存世的中國第一部琴譜集《神奇秘譜》。他還會斫琴，他製作的「懸崖飛瀑」琴傳世至今尚存。在《神隱》中他多處涉及琴，僅「草堂清興」中就有琴室、琴案、對人鼓琴、對物鼓琴、對月鼓琴、臨流鼓琴、膝上橫琴、掛琴等多條。為了將音樂傳遞給後人，他當時還編寫了一種教材名《琴阮啟蒙譜》，除琴之外，對阮也頗為瞭解。他說，阮這種樂器五代時已經失傳，是他按照前人畫作上琴的圖樣製作出來，阮才得到傳承。他為此感歎道：

> 嗚呼！阮之失者將八百年，而予又繼而成之。豈非物有盛衰，必因人而興也！〔註22〕

在另一條「笛」中，他提到「龍虎山仙岩中所出竹節長，一節可作一管，其聲又清遠可愛」。他是否親手製作過竹笛難以認定，但他自述得到了一支鑌鐵笛，「清夜吹之，有裂石穿雲之聲」。無論是否親手製作，他會吹笛無疑。他對笛樂的這種感受，則更是非行家不能有的。

除了琴阮之外，還有如投壺、弈棋等。在「弄丸餘暇」中他寫到：

> 飽食暖衣，逸居而無事，則無心於世慮。或於松竹之下，或於花竹之間，乃與數客，或投壺，或鼓琴，或撥阮，或弈棋，或飲酒，以消白晝之悶，不亦樂乎？〔註23〕

投壺、弈棋等，都是高雅的遊藝。朱權對文化藝術愛好之廣泛由此可見。更重要的是，他對文化藝術的這種態度和情感，已成為一種自身的修養，不只

〔註21〕朱權《神隱》上卷，北京圖書館藏明瑞昌王府朱拱柄刻本。
〔註22〕朱權《神隱》上卷，北京圖書館藏明瑞昌王府朱拱柄刻本。
〔註23〕朱權《神隱》上卷，北京圖書館藏明瑞昌王府朱拱柄刻本。

是為了避禍而勉強為之。作為文化修養，就不只是技藝，還滲透在生活儀節和細節中。在「留連山客」中他說：

> 凡客至家，長者出迎，待居中堂。作揖拜見訖，尊客於左，主人居右。家中子侄畢至，長揖而退，令數童子拱立於側。先命取茶，其廚下置辦酒食，昫飯以待之，不可使之空歸。茶後款話之餘，或蜜水藥湯流連而食，以待酒饌；或弈棋，或鼓琴，或論詩，或投壺。如此久之。〔註24〕

可見他的文人情懷並非一種自鳴清高、孤芳自賞，而是充滿對生活的積極態度。寫在書中，讀者可以將其看作是對鄉村文化建設的種種設想。

五、務實親民

中國歷史上出現的諸多隱士們，得到的大多是肯定與讚揚，但也有一些批評的聲音。兩千多年前的孔子就批評長沮、桀溺，說「鳥獸不可與同群」〔註25〕。當代的批評有兩家比較有影響。一位是知名學者蔣星煜先生，他在《中國隱士形成的因素》一文中說：

> 其實隱士之所以形成，從主觀方面來說，完全是由於個人主義或失敗主義，這兩個因素的作祟。〔註26〕

他認為那些「個人主義者」，對於全體人類的生活只是用一種漠不關心的態度去對付。而另一些「失敗主義者」，他們忠實於已經瓦解的政權，不做新政權的官吏，但又缺乏自信心，只是用隱居的手段表示消極的抗議。

另一位是梁漱溟先生。他說隱士有三大特點。第一點，隱士是國家鬆散的表現和原因之一；第二點，其淡泊自甘是國家經濟難於進步的象徵。特別是第三點，認為隱居者崇拜自然而不改造自然，不能促進科學的發展：

> 在生活態度上，便是愛好自然而親近自然。如我前所說，對自然只曉得欣賞忘機，而怠於考驗控制。如西哲所譽，善於融合於自然之中，而不與自然劃分對抗。其結果便是使藝術造乎妙境高境，而不能成就科學。〔註27〕

蔣星煜先生的批評偏重於隱者的主觀動機，梁漱溟先生的批評偏重於退隱的

〔註24〕朱權《神隱》上卷，北京圖書館藏明瑞昌王府朱拱㭎刻本。
〔註25〕楊伯峻《論語譯注》卷九，中華書局 1958 年版，第 201 頁。
〔註26〕蔣星煜《中國隱士與中國文化》，上海人民出版社 2009 年版，第 16 頁。
〔註27〕梁漱溟《中國文化要義》，上海人民出版社 2011 年版，第 179 頁。

客觀後果。其共同點是，隱士們都沒有把國家和人民的命運看作自己的責任。這種批評都有一定道理。問題在於是否所有隱士都是如此？例如朱權的「神隱」，是否也是如此？

前面已經說過。從動機說，朱權之隱是生死攸關下的迫不得已，並非出於個人主義的追求失敗而放棄社會責任。那從《神隱》的內容看，是否有兩位先生所說的那些負面性質呢？

《神隱》全書的主體上卷是「樂其志」，下卷是「樂其事」。我們只要觀察他的所「樂」，即其「志」和「事」具有怎樣的性質，就可以得出結論。我以為朱權神隱的性質一是「務實」，二是「親民」。二者密不可分。綜合起來，有以下幾個特點。

其一，為廣大農村生產生活之所需。書的上卷「樂其志」，似乎都是隱士生活。其實除了少量屬文人情趣、道家修養之外，許多內容是針對鄉村普通勞動者生產和衣食住行等生活之需要的。如「山家農具」中有牛車、蓑笠、桔槔、犁耙、鋤、斧、鋸、鐮、網等。尤其是下卷，列出一年四季十二個月的氣候特點、節日風俗、生產生活知識等。以「三月」為例，在「務農」一條中就有：犁秧田、浸稻種、種秫黍、種芝麻、種紅豇豆白豇豆、種大豆、種黑豆、種粟谷、種苧麻、種棉花等二十餘種農作物種植方法。如「犁秧田」：

> 其田須犁耙三四遍，用青草厚鋪於內爛打。平，方可撒種。爛
> 草與灰糞一同，則秧肥旺。〔註28〕

有些屬於生活常識。如五月，是桃子成熟的季節，書中有一條「收桃」。在當時沒有冰凍冷藏條件下，這種方法應該非常實用：

> 以麥麵煮粥，入鹽。冷，傾入新甕中。取桃納粥內，密封甕口。
> 冬月食之如新。桃不可太熟，但擇其色紅者佳。〔註29〕

《神隱》參閱引述最多的是《農桑衣食撮要》一書。其作者魯明善的自序中有一段話，朱權應該是熟悉的：

> 農桑，衣食之本。務農桑則衣食足，衣食足則民可教以禮義；
> 民可教以禮義則家國天下可久安長治也。……其可以農圃細事而忽
> 之哉？〔註30〕

〔註28〕朱權《神隱》下卷，北京圖書館藏明瑞昌王府朱拱柄刻本。
〔註29〕朱權《神隱》下卷，北京圖書館藏明瑞昌王府朱拱柄刻本。
〔註30〕魯明善《農桑衣食撮要‧自序》，中華書局1985年版，第1頁。

朱權《神隱》的意旨與其相同，豈能是「漠不關心」？

其二，知識豐富，來源廣泛。《神隱》分上下卷。上卷為「攝生之道」，分四十一類，三百九十三條。下卷為「歸田之計」，十四類，五百四十五條。計五十五類，九百三十八條。內容非常豐富。《神隱》中的知識內容有許多來自前人著作。其中有注明來源的，如「道具之屬」中的「藥枕」條，自注「此方出自《太清玉函》」。有關「琴」的多條，經查，出自宋趙希鵠《洞天清錄》。其中出自元魯明善撰《農桑衣食撮要》者甚多。如下卷「三月」之「種紅豇豆白豇豆」、「種黑豆」；「十月」之「收雞種」、「移樹栽樹」等多條，二者文字多不差。當然還有許多取自其他文籍。其來源有可能是平時的積累，但大量應該是寫作《神隱》時臨時查閱，方不至錯誤。所用工夫非同一般。

不少知識直接來自朱權本人的生活積累。如卷上「草堂清興」中的「蒲草」是他居所附近的「西江天寶洞天、洪崖丹井二處所生石菖蒲」。說到「笛」時，提到江西鷹潭「龍虎山仙岩的竹笛」。還提到「予近得鑌鐵笛」，沒有說明來源，據筆者所知，這種笛不是隨處可得，而是南京皇宮特賜。他處有過記載，此不贅。

他還在多處談到南方和北方農事用具設備等的不同。源於朱權原來生活在北方的大寧，現在來到了南方，對南北方的區別很敏感。如「卜築之計」中有「地窖」條，就提到大寧附近的「營州遼陽」。他說：

> 南方卑濕不可用。營州遼陽彼處皆有，予昔封鎮於此。有摑其窖者。其窖於兵後以來二十餘年矣。〔註31〕

又如「山家農具」中的「鋤」，也提到南、北方的不同：

> 鋤。南北人鋤田有各樣者。南人薅田用高頭鋤。北人用鵝項鋤。種菜多用鷹嘴鋤。因地凍堅硬故也。家有一男子，必置一把。如遼人薅田只用長竿鏟，不用鋤。〔註32〕

有的物事出自他自己的創造。如「道具」中的「幅巾深衣」條中，他就提到了自創的一種服裝，就是自己設計的道裝，他為之命名為「臞仙巾」和「臞仙服」等。

其三，有利於科學的發展。中國科技進步遲緩原因很多，也很複雜。但也不是沒有少數知識分子在關注，如前面提到的《農桑衣食撮要》作者元魯

〔註31〕朱權《神隱》上卷，北京圖書館藏明瑞昌王府朱拱柄刻本。
〔註32〕朱權《神隱》上卷，北京圖書館藏明瑞昌王府朱拱柄刻本。

明善。《神隱》中寫到的大部分農業知識和技能，都是我國農業生產中難得的經驗之談。其中有的在明代已經被幾種著名的科學著作引用。如徐光啟《農政全書》、方以智《物理小識》、李時珍《本草綱目》等，都引用《神隱》中文字多條。清代康熙御製的大型類書《廣群芳譜》也有引述。這些都證明了它的實用價值已為社會認可。當然用近現代的科學觀念看，有些已經落後，有些明顯是屬於迷信。如上卷「禁辟蟲物」中說「端午日書『滑』字貼之」，可以「治蚰蜒不生」之類。卷下「正月」有：

> 凡果實初熟時，以兩手採摘，則年年結實茂盛。

> 果子熟時不可先摘。如被人盜吃一枚，飛禽則來食。切宜謹
> 之。〔註33〕

這些應該是出自民間口傳，帶有迷信色彩，但這在《神隱》中只是少量。從總體看，《神隱》對當時的生產生活的改善是有利的，對自然科學發展也是有積極意義的。

其四，貼近生活，語言通俗。《神隱》在知識性的解讀中有生動的敘述和細節描寫，有趣味盎然的故事，還有真實的情感抒發，讓讀者在閱讀中充滿親近感。比如關於「網」的一條，寫打漁就很有趣：

> 或一時客到，欲取魚，就以罾網於河邊。或撒網，或扳罾，與
> 客嬉笑而取。既得魚矣，甕頭新酒，取之與之共食，又是一般情況。
> 滋味偏甜。快活！快活！〔註34〕

《神隱》不僅僅是寫生產和日常生活，也記載一些節日活動和民俗風情。比如下卷「正月」講了北方有婦女「耍鬼兒戲」，男子的「請灌郎神」；南方婦女「請高郎」、「請七姑娘」等。其中「耍鬼兒戲」：

> 以一女子用被蒙其頭，眾女子拍手大叫曰：「壽域天開，天開月
> 明。騎鶴下瑤臺。」如此叫聒久之，其人乃昏。忽有鬼附其體，而
> 善舞。乃問其禍福。但以手示之，終不言。有捏怪者假為之，群女
> 大笑。〔註35〕

只有對生活充滿熱愛的人才會去寫，並描繪出這麼充滿趣味的生活場面。朱權不僅是對人，對動物也充滿憐愛。他在上卷「養猿」中寫道：

〔註33〕朱權《神隱》下卷，北京圖書館藏明瑞昌王府朱拱枘刻本。
〔註34〕朱權《神隱》下卷，北京圖書館藏明瑞昌王府朱拱枘刻本。
〔註35〕朱權《神隱》下卷，北京圖書館藏明瑞昌王府朱拱枘刻本。

本是清物，道院中可置一枚。只是不敢放出。必須鎖其項於籠
中，則大煞風景。蓋猿形類人，而鎖其項，不亦醜乎？況又置於籠
中，不亦悶乎？莫如不養。〔註36〕

在下卷「牧養之法」中有「六畜房圈」條：

雖是畜生，其性與人亦同也。有飢寒之苦，不可不留心在上。
當於秋收之時，預先整理，以避風雪，不使寒冷凍其肌膚。令家中
用心喂飼，不致飢餓。要存這點人心。〔註37〕

「要存這點人心」這樣的動情，在講述自然知識及其應用的文章中，實為少
見。

有一些說法，看來陳舊可笑甚至錯誤，如「山人家事」：

凡居林泉之下，山野之間，必要先治其家道。家道齊而農事具。
所事必謀諸婦。婦賢則家道可成。故擇妻切莫取城市之家及鄉村大
戶者，為貧難之家者最佳。何也？能辛苦，一也；不嫌貧，二也；
善織紡，三也；會養牲，四也；腳大可為活，五也。〔註38〕

讀到這裡，或者有人會覺得他錯把婦女只當作勞動力。其實在那樣的時代，
貧苦的農家何嘗不是如此的？貴為親王，能為他們如此設想，不也很難得嗎？

《神隱》語言淺近易懂，又生動活潑，讀來不枯燥乏味。其中有些是口
耳相傳家喻戶曉的民間諺語，如卷下正月「一歲之務」：

一家之計在和。……一生之計在勤。……一年之計在春。……
一日之計在寅。〔註39〕

有些知識性的應用文字，也夾以抒情，讀來生動有趣。如說到「簫」：

洞簫為上，圍五六寸者是。若秋夜月明，或於桂花之下，或於
茅亭之中，仰臥片石，吹一兩曲《秋風》古調，以動天籟，泠沁一
身毛骨。妙！妙！〔註40〕

這樣的語言表達的應該不僅是一種心態，還是一種精神狀態和人生追求。

縱觀《神隱》全書，我們可以得到這樣的認識：朱權到達南昌以後，在
巨大的政治壓力下，他並沒有如前所說「心日以灰，志日愈餒」無所作為，而

〔註36〕朱權《神隱》下卷，北京圖書館藏明瑞昌王府朱拱柄刻本。
〔註37〕朱權《神隱》下卷，北京圖書館藏明瑞昌王府朱拱柄刻本。
〔註38〕朱權《神隱》上卷，北京圖書館藏明瑞昌王府朱拱柄刻本。
〔註39〕朱權《神隱》下卷，北京圖書館藏明瑞昌王府朱拱柄刻本。
〔註40〕朱權《神隱》上卷，北京圖書館藏明瑞昌王府朱拱柄刻本。

是傾注畢生心力於文化建設，並取得巨大成就。這與他的「神隱」思維——
摒棄功利，有著莫大的關係。

原載《明清文學與文獻》第九輯，社會科學文獻出版社，2020 年；
合作者段祖青，江西農業大學人文學院中文系講師

朱權《太古遺音》
（《太音大全集》）考辨

　　按：本文的撰寫出自《書品》這塊學術園地結下的一段文緣。我偶然在《書品》2010 年第 4 期讀到嚴曉星先生的文章《〈秋鴻〉年代新證》。出於對朱權生平的一些理解，在 2011 年《書品》第 6 期發表了《也說〈秋鴻〉的作者》一文，對嚴先生的文章發表了一點不同意見。嚴先生通過《書品》編輯部，來函和我交換意見。他並不贊同我的觀點，但態度親切友好，對我的學術研究更是鼎力相助，給我發來許多我不具備的珍貴文獻資料，其中許多是他用相機一頁頁拍攝的。在學術意見交流中，我更看出這位 70 後的年青學者，有著難得的嚴謹扎實、老成持重的學術品格。對此，我非常欣賞和感動。下面是我利用這些資料寫出的文章，也是我與曉星君學術交流的成果。

　　朱權是明初著名音樂家，尤精於琴。著有關於琴的著作數種。其中《神奇秘譜》在音樂界已眾所周知，並有了較多研究，相對而言歧疑也不多。但他的另一部琴學著作《太古遺音》〔註 1〕，則知曉者不多，其價值也沒有得到充分發掘。主要原因是相關文獻的面貌至今不甚清晰，甚至還有誤解。本文將對此試作梳理與探索，以求正於方家。

一、《太古遺音》——首部成體系的琴論專著

　　琴學是我國歷史最為悠久的文化遺產之一。琴學文獻分兩大類，一類是主要供演奏打譜使用的樂譜——琴譜，朱權《神奇秘譜》就是我國存世的第

〔註 1〕前代名《太古遺音》的琴書有多種，與朱權無干者不在本文所論之列。

一部琴譜集；另一類是關於琴體和琴樂文化認知的知識和理論——琴論。朱權《太古遺音》屬於後者（有些琴書琴譜、琴論兼備）。

琴學大師查阜西先生在《太古遺音考》中說：

> 今存專論古琴之書……皆止於片段；且迄隋唐為止，琴書皆不具體系，未足視為專學也。宋以來，琴書仍未進步。……以琴事為學之專書，殆自田芝翁之《太古遺音》始。〔註2〕

查先生認定的首部成體系的琴論專著——田芝翁《太古遺音》，元明間已經殘缺，賴明人朱權（及袁均哲，見下）等加工整理方得以傳世。查先生的研究限於當時的條件，有些方面還有待後來者繼續。

二、朱權《太古遺音序》解讀

朱權《太古遺音序》在金臺汪氏本《新刊太音大全集》中被保存下來。它是《太古遺音》初版唯一可以確知的部分。

《琴曲集成》卷首《太音大全集》「據本提要」說：「（《新刊太音大全集》）書前朱權的序，有可能是書商謀利託偽加上去的。」這裡的「託偽」含義不甚清楚，我們至今並沒有聽到對此文內容的任何質疑。此序應該是出自朱權手筆，是他為傳承《太古遺音》留下來的寶貴文獻。我甚至認為金臺汪氏本《太音大全集》所收此序，是用《太古遺音》初刻本黏版復刻的。因為它的字體，與其他寧府刻書序言字體十分接近。

此序有一段話：

> 然是書也，乃芝翁田君所纂，目曰《太古遺音》，集為三卷。至嘉定間，祖雲楊君目為《琴苑須知》，表而進之於朝，以為一代之佳製也。於今僅二百餘載矣，今罕得其傳。予昔得於塗陽，多有脫落；後至江右，數見有之，皆未盡善，亦非舊本也。故常為之歎息。於是從考校正，無益者損之，脫落者補之，定為二卷，仍名曰《太古遺音》，俾好事者有所助焉。〔註3〕

這篇序言值得注意的有幾點：

首先，由「永樂癸巳十一月望日序」署題，確知此書初版時間為永樂十一年（1413），在朱權存世著作中屬於出版時間較早的一種。由此可知朱權對

〔註2〕黃旭東等編《查阜西琴學文萃》，中國美術學院出版社1995年版，第255頁。
〔註3〕朱權《新刊太音大全集》，明刻本。

此書乃至琴學的重視。

其二，確切地告知《太古遺音》原作者是宋田芝翁。田芝翁至今無考，這位對古琴文化作出貢獻的先賢，賴此序得以傳名後世。

其三，此書南宋嘉定間曾經被楊祖雲易名《琴苑須知》「表而進之於朝」，可見其質量及價值已為宋人所重。

其四，朱權說田芝翁《太古遺音》殘本他最早「得於塗陽」。「塗陽」之名，史、志及辭典中均無記載。筆者曾從一些元明文集中，得知它就是朱權始封地大寧的別稱，在今內蒙古赤峰市寧城縣境〔註4〕。

知道塗陽所在地的意義何在呢？我們知道，朱權從大寧到南昌有過一段非常特殊的經歷。朱棣發動靖難之初，曾懷著陰謀到大寧造訪他的這位十七弟朱權，臨別時朱權在大寧城外為四兄朱棣餞別，朱棣一聲號令，伏兵四起，以突然襲擊的方式挾持了朱權。朱權在失去自由的情況下，匆匆收拾行裝，帶上家屬隨靖難軍南下，此後他在炮火紛飛的戰場上，奔波近四年，在這一進程中，一部舊書——田芝翁《太古遺音》的殘頁竟然沒被丟棄，千里迢迢被帶到南昌。朱權對它的珍視，以及傳承古琴文化的一份心血，可見一斑。

永樂初，朱權在南昌看到了芝翁《太古遺音》的其他版本，殘缺也較甚。朱權開始了對它的加工整理，有損有補，三卷變成兩卷。加工程度應該很高。永樂十一年，他出版了此書的初刻本。

三、《太古遺音》初刻本

朱權《太古遺音》曾經有過不同版本，重要的有兩個：一、永樂癸巳（1413）初刻本，書名《太古遺音》；二、嘉靖間金臺汪氏重刻本，書名《新刊太音大全集》。由於初刻本已經失傳，《新刊》本較之初刻面目已大為改觀。所以直接與初刻本《太古遺音》相關的信息，哪怕只是點滴，也彌足珍貴。除上面已經講到的序言外，還有以下幾點：

（一）初刻本應該是在寧王府自己的刻書館——文英館刻印出來。在出版史上，明代藩府刻本是以質量優秀著稱的。

（二）朱權七世孫朱謀垔（1564～1628）《續書史會要》（《四庫全書》本）著錄有《太古遺音》。知此本直至明末尚存。

〔註4〕見《太和正音譜箋評・附錄》，中華書局 2010 年版，第 421～431 頁。

（三）萬曆間人高濂《遵生八箋·琴譜取正》提到此書：

> 若欲求譜勾剔字法全備，並手勢形象飛動，在臞仙所刻《太古
> 遺音》一書，最為精到。奈坊中僅存翻本，使人恨不多見。〔註5〕

由此可見，不僅當時此書尚存，且質量「精到」為識者所稱。今存兩種《太音大全集》中的減字指法、「手勢圖」等亦為初刻本所有。然此本明末已經少見，市面上是流行的很差的坊間翻刻本。

（四）高儒《百川書志》著錄「《太古遺音》二卷」云：

> 臞仙編，紀琴書琴訣，修輯田芝翁舊纂也，分定四十三則。
〔註6〕

他提到的《太古遺音》為二卷本，應屬初刻本系統，但內容僅提「琴書」、「琴訣」，沒有提到「指法」、「手勢」之類，可能已經闕去原書的許多內容。四十三則之「則」，應為每卷之下並列若干「則」，體例與《新刊太音大全集》有所不同，而與下面將要提到的另一佚名的明刻本《太古遺音》相似，可供參考。

（五）《琴曲集成》第一冊所收明刻《太古遺音》二卷本：

《琴曲集成》第一冊收有一佚名明刻《太古遺音》二卷本（殘存上卷）。此本在內容上與朱、袁兩種《太音大全集》有大量共同之處。《集成》將它收在袁均哲《太音大全集》之前。《據本提要》推測「此書有可能是朱權的改編本」，根據是：它也是二卷，並且「琴壇十友」一目之前沒有「臞仙」兩字。《提要》同時又指出：

> 如從這兩點來看，此書編輯體例極不嚴謹，如「琴背制度」與
> 「琴本制起法象」之間無故夾入了一段唐趙耶利的指法材料，此材
> 料不見於書前目錄。這種編排上的雜亂無章的做法，很難相信會出
> 於名儒朱權之手……由此推測，此書有可能出自書賈之手。

這裡指出的「無故夾入了一段唐趙耶利的指法材料」屬於低級錯誤，的確不可能是以質量優良著稱的寧藩刻本。《提要》指出此本與朱權有密切關係是對的。我這裡補充一條例證，就是其中一些段落的思想內容和語言風格帶著明顯的朱權的個性色彩。朱權一生排斥佛教，其傾向表現在他的許多著作中，情緒激越，言辭尖銳。比如他一貫稱佛教、佛教徒為「喪門」（前人以「喪門」

〔註5〕高濂《遵生八箋》卷十五「琴譜取正」，見《四庫全書》第八七一冊，上海古籍出版社1987年版，第768頁下。

〔註6〕高儒《百川書志》卷三，古典文學出版社1957年版，第40頁。

諧音「沙門」,雖也有貶義,但並不如此激烈)。建文年間完稿的《原始秘書》中,稱歷史上的君王好佛為「好喪門」,而以「僻喪門」為君王德行之一。在永樂前期完成的《太和正音譜》中,將佛家之唱稱為「喪門之歌」;多次論證佛教不足以和儒、道並列為三家;他還將對佛教的排斥與對異族——胡夷的敵視相聯繫,如此等等。在這部《太古遺音》「琴有所忌」、「琴不妄傳」中也有類似傾向的明顯表露。如他借白鶴子之口說:

> 噫,怪哉!釋氏之學,出於西胡夷狄之教耳!琴乃中國聖人之道,非爾所宜也!……喪門乃夷狄之學,悖聖人之道,反天地之常,滅姓毀行之徒,曷足以事之?〔註7〕

雖說斥佛傾向並非始自朱權,但這種極端的態度和情緒化的語言,確屬朱權所特有。

再就是上述《百川書志》著錄的四十三「則」的體例,與此本相近。

根據以上情形,我以為此本或即朱權《太古遺音》,為後來的書商篡改過的一個質量不高的坊間翻刻本。有一定研究價值,但稱引時須慎重。

四、嘉靖金臺汪氏本《新刊太音大全集》

此本今存於國家圖書館,六卷。卷首編著與出版者署題:「南極涵虛子臞仙編輯,河南藩府殿下校正,書林金臺汪氏重刊。」

對這一版本查阜西先生已有較深的研究,這裡僅作以下補充:

(一)與初刻本《太古遺音》的關係:

1. 此本已改書名為「新刊太音大全集」,只是卷一首行標此書名,而後集卷首卻標作「太古遺音」,這當然不是有意,而是粗疏的結果;而無意中卻保留了它的底本確曾依據《太古遺音》。

2. 書名曾擬《太古遺音大全》。「太音」一詞費解,故查阜西先生《琴學文萃》論證了「『太音』是太古遺音的省略」。魏隱儒《中國古籍印刷史》第十三章敘及汪諒時也稱有「重刻《太古遺音大全》一部」〔註8〕。楊軍《明代翻刻宋本研究》提到金臺汪諒刻有「朱權《太古遺音大全》六卷」〔註9〕。它們

〔註7〕文化部文學藝術研究院音樂研究所等編《琴曲集成》第一冊,上海書店 1981 年版,第 31 頁上~頁下。

〔註8〕魏隱儒《中國古籍印刷史》,印刷工業出版社 1988 年版,第 126 頁。

〔註9〕楊軍《明代翻刻宋本研究》,中國社會科學出版社 2011 年版,第 142 頁。

的依據是金臺汪氏書肆印在其他書上的商業廣告。可知書肆確曾擬以「太古遺音大全」為此書名。而所謂「大全」，有朱、袁兩家《太古遺音》合而大、而全之意，並非僅僅襲用袁均哲書名。

（二）金臺汪氏《新刊太音大全集》與袁均哲《太音大全集》的關係：

汪氏，名汪諒，旌德人，嘉靖初在北京正陽門內開書鋪，以翻刻宋元古籍稱。

嘉靖金臺汪氏本《新刊太音大全集》與袁均哲《太音大全集》絕大部分內容與文字相同，僅有少量出入，面目過於相似，所以二者的關係更有辨識的必要。

1. 袁氏《太音大全集》採集了朱權《太古遺音》初刻本內容：

《查阜西琴學文萃》據朱權《新刊太音大全集》中有些與袁書不同處，推測是朱書對袁書之損益，並斷「袁書撰於癸巳以前」。查先生限於當時條件，對袁均哲生平有所失察，故作是論。此外他用面目改觀後的金臺汪氏重刻本與袁本作比較，也難以結論。

袁均哲，江西建昌（今江西永修）人。據《江西通志·選舉》載其永樂二十一年癸卯鄉試舉；《貴州通志》、《萬姓統譜》等載其曾任瓊州、郴州及貴州黎平等地知府。現存他的《太音大全集》為宣德正統間刊本（據鄭振鐸先生的版本鑒定）。卷首（題辭）無署名，卷五中有「琴操辨議」一則署「均哲識」，是認定此書為袁均哲撰作的主要依據。中有「邇來宦遊南北京」一語（也見於《題辭》），則書刻於袁氏為官之後無疑。朱權《太古遺音》初刻於永樂十一年，早於袁均哲中舉前十年，不存在轉錄袁書的可能。

反之，是袁氏《太音大全集》對朱權《太古遺音》有所採取。袁氏題辭云：

> 暨長，宦遊南北，既得其傳矣，恨未造其妙，因取諸家琴譜，與夫近代所謂《太古遺音集》，反覆紬繹訂其是非，繁者剔之，略者詳之，難疑者音釋之，駁雜者鏨而正之，門分類別，會粹成編，名之曰《太音大全集》藏諸篋。〔註10〕

這裡說的是「近代所謂《太古遺音集》」，而不是宋元舊本，應該是指朱權之

〔註10〕文化部文學藝術研究院音樂研究所等編《琴曲集成》第一冊，上海書店 1981 年版，第 35 頁上。

作，只是語氣不甚謙恭，不像是對一位處於同時同地的親王，有些可疑。

另一事實出現在書中，就可謂確鑿無疑：袁氏《太音大全集》中有多處出現「臞仙」字樣。如「臞仙琴壇十友」、「臞仙曰古人抱琴之法……」、「臞仙曰文武二弦……」云云，都明顯來自朱權。除《太古遺音》外，朱權沒有第二部書包含這些內容。

2.《新刊太音大全集》是金臺汪氏將袁書與朱書結合的產物。

朱、袁兩種《太音大全集》除各有其作者的序文（或題辭）外，正文基本面貌相同。有所區別則甚是細微：如朱書中「五士操圖」附說後的音釋；「琴壇十友」、「軫函」、「琴匣」、「琴床」之音釋等處，較袁書都有所損；「歷代琴式」則比袁書頗有增益。如此之類，應該是汪氏重刊朱書時，做的一些局部處理。有一些出於袁均哲的注釋文字在採入《新刊太音大全集》時，連「均哲識」字樣都遺留其中，這是汪氏合併兩書時的疏漏。

嘉靖間兩書結合成《新刊太音大全集》時，以誰為母本？宣德、正統年間的袁書現在，故為母本不言而喻。《琴曲集成·太音大全集》「據本提要」說「實際上是以袁氏《太音大全集》為母本，稍加增減而成」(《集成》將袁氏《太音大全集》標題誤作了「新刊太音大全集」)。這個結論是可信的。只是這裡須再加申說：袁書初刻時早已吸取過朱權《太古遺音》的內容，如前述「臞仙」云云，如帶有斥佛傾向和語氣的段落等等。於是，便出現了兩種《太音大全集》「你中有我，我中有你」的局面。

朱、袁的書，都源於宋田芝翁，二人編輯整理的努力也是基本契合的，這是二者能夠結合的基礎。把兩個編者的不同改編本合為一書者是汪諒。無論他的新刊本帶有多少瑕疵，他都是做出了重大貢獻的。

問題是：此次重刻，既然對袁書多所倚重，為什麼不直接翻刻袁書呢？從書商的角度，當然是寧獻王的社會影響更大。這實在也無可厚非。

還有那位為此書作了校正的「河南藩府殿下」，應該也是功不可沒。這位殿下是誰呢？嚴曉星君以為是，或者說只能是洪武二十四年封於開封的伊王朱𣚴（1388～1413）或其後繼者中的一位，因為明代洛陽正是河南郡的首府。伊藩傳七世，嘉靖四十三年除爵，理論上，任何一代伊王都有可能為此書提供校正。這位殿下是如何校正雖無從得知，但這種文化上的善意合作，應該成為明代宗藩間一段佳話。

最後，對金臺本編撰者署「南極涵虛子臞仙」提出一點質疑。「涵虛子」、

「臞仙」連用沒有問題，朱權常以此為著作署名。朱權別號含「南極」者有二：一是「南極沖虛妙道真君」，二是「南極遐齡老人」，都是有解的全稱（詳解從略），以「南極」與「涵虛子」合稱用於署名未見於他處。可能不是出自初刻本，而是汪氏隨意代署。後之讀者不宜以之作為朱權別號對待。

原載《書品》2012 年第 3 輯